Geschehenes und Ungeschehenes

ein utopischer Roman von

Karl-Heinz Haselmeyer

„Du sitzt hier allein im Dunklen, fast hätte ich dich nicht gesehen. Ich wollte nur in Ruhe eine Zigarette rauchen, willst du auch eine?" „Danke, ich bin Nichtraucher." Der schlaksige junge Mann entzündet seine Zigarette. „Darf ich mich zu dir auf die Bank setzen? Dir ist wohl auch der Trubel etwas zu laut geworden, gehörst du zur Familie?" „Ich bin der Großvater des Bräutigams, aber ich tanze nicht, trinke keinen Alkohol und habe Probleme mit meinen Ohren. Deshalb kann ich mich bei dem Lärm auch nicht unterhalten. Da sitze ich lieber hier am Flussufer und genieße die laue Nacht." „Entschuldigen Sie, dass ich Sie geduzt habe, ich bin der Bruder der Braut und mit Ihrem Enkel Gernot befreundet.

Gernot hat mir schon von Ihnen erzählt, Sie schreiben Bücher und setzen sich für den Umweltschutz ein. Er nennt Sie einen lieben Schwarzseher." „Gernot meint, mit Vernunft und den enormen technischen Möglichkeiten könnte man die Schwierigkeiten der Zivilisation überwinden, aber mit unserer Vernunft ist es nicht ganz so gut bestellt und die Technik gehört mit zu den Ursachen unserer Probleme." Das Interesse des jungen Mannes ist geweckt, er hat sein Studium der Physik fast abgeschlossen und sein Glaube an die Möglichkeiten, mit wissenschaftlichen Kenntnissen die Umweltprobleme lösen zu können, ist trotz großer Zweifel noch nicht ganz verschwunden. „Sehen Sie die Zukunft wirklich so pessimistisch?" Der junge Mann versucht, im Dunklen die Gesichtszüge seines

Gesprächspartners zu erkennen. „Sie sind noch sehr jung, meinen Anteil an dem, was man Zukunft nennt, kann man schon sehr gut abschätzen, mich bedroht sie nicht. In sehr kleiner Dimension leben wir ständig in der Zukunft. Unser Gehirn plant jede Aktion, bevor wir reagieren. Aber im Ernst, die Zukunft ist immer ungewiss, sie besteht aus unzähligen Möglichkeiten, die von der Vergangenheit in der Gegenwart gezeugt werden. Anders gesagt, einerseits ist die Zukunft festgelegt, andererseits hat sie viele Freiheitsgrade. Es ist unsere Gegenwart, um die es nicht gut bestellt ist. Mein Pessimismus bezieht sich auf uns Menschen. Wir überschätzen unseren Verstand und werden großenteils durch Urtriebe gesteuert, aus Habgier, aus Geltungs- und Selbstsucht. Wenn es möglich wäre, losgelöst von menschlicher Sicht so wie aus einer Vogelperspektive vergangenes Wirken der Menschen zu betrachten, könnte man wohl Prognosen für die Zukunft erstellen, aber ich fürchte, so eine Prognose würde uns wenig gefallen. Im Grunde sind wir fähig, aus Fakten ungefähr auf Entwicklungen in der Zukunft zu schließen. Ich versuche es so gut wie möglich, aber unser Blick ist in menschlichen Dimensionen gefangen, wir sind voreingenommen." „Sie meinen, wenn zum Beispiel ein außerirdisches Wesen die Welt eine Zeit lang objektiv beobachten könnte, dann wäre dieses Wesen in der Lage, zukünftige Entwicklungen vorherzusehen? Wäre es dann nicht sehr interessant, sich in so ein Wesen hineinzuversetzen, um sich zukünftige Entwicklungen besser auszumalen?" Der alte Mann lacht verständnisvoll: „Sie meinen, eine Science-Fiction-Geschichte aus einer höheren Sicht könnte der Zukunft in die Karten schauen? Das wäre sicher interessant, aber leider können wir unsere menschliche Sichtweise nicht ausschalten. Außerdem sind Außerirdische, die uns beobachten, Unsinn, doch man könnte sich vorstellen, dass ein Individuum aus weiter Zukunft unsere Geschichte analysiert. Das wäre aber nur ein ausgedachtes Wesen und ausgedachte Wesen könnten nur eine ausgedachte Geschichte beschreiben. Allerdings würde die geschichtliche Sicht eines Wesens aus weiter Zukunft nicht nur unsere Vergangenheit, sondern auch unsere Zukunft betrachten und wir könnten versuchen, ihm eine möglichst große Objektivität zuzuordnen".

Der junge Mann freut sich, dass seine Anregung so gut aufgenommen wird, und fragt seinen Gesprächspartner, ob sich dieser Stoff nicht für einen Zukunftsroman eignen könnte. Der alte Schriftsteller erwidert: „Das ist nicht so einfach, denn eine Geschichte erzählt Begebenheiten aus der Vergangenheit oder sie schildert Gegenwärtiges. Utopische Erzählungen machen da keine Ausnahme, sie erzählen Geschehen in einer fiktiven Zukunft. Alles, was erzählt werden kann, ist mit der Zeit verbunden. Es gibt eine Ausnahme, denn wenn man die Möglichkeitsform wählt, ist man von der Zeit entbunden, aber auch von der Wirklichkeit. Ungeschehene Geschichten enthalten unendliche Möglichkeiten und beliebig viele Freiheitsgrade, es ist die Welt der reinen Fantasie. Realisten sagen, man gerät damit in den Sumpf des Beliebigen, in dem alles versinkt, was wir Wahrheit nennen. Wahrheiten kann man von der Zeit nicht ablösen. Wahrheiten sind mit Gegenwart und Vergangenheit verbunden, übrig bleibt die Fantasie. Trotz der Bedenken reizt mich dieser Einfall, ich werde es versuchen."

Vom Haus her sind Rufe zu vernehmen. Der junge Mann erhebt sich: „Ich glaube, wir werden gesucht, man hat uns vermisst." Auch der alte Herr erhebt sich ein wenig mühsam von der Bank. „Die ersten Schritte tun immer etwas weh. Es geht schon, gehen Sie voraus, ich komme nach." Ein Mann mittleren Alters eilt dem Alten entgegen. „Vater, wir haben uns Sorgen gemacht, warum gibst du denn nicht Bescheid, es ist doch schon reichlich spät für dich. Leider kann ich dich nicht mehr fahren, ich habe getrunken. Ich werde dir ein Taxi bestelle. Ella fährt mit und begleitet dich nach Hause."

Bis das Taxi kommt, ist der Senior noch einmal Mittelpunk des Trubels, und nachdem er sich von den Brautleuten verabschiedet hat, ist er froh, mit einer seiner Enkeltöchter im Taxi wieder zur Ruhe zu kommen.

Nachdem seine Haushaltshilfe ihm das Frühstück gemacht hat, denkt er am nächsten Tage wieder an das vergangene nächtliche Gespräch. Schon einige Zeit hat er nach einem neuen Stoff gesucht, nach siebenundzwanzig Büchern hat seine Kreativität eine Pause eingelegt und so ist er froh, sich mit einem neuen Stoff beschäftigen zu können. Er eilt an seinen PC und die Einfälle lassen nicht auf sich warten. Er sitzt, die Hände im Schoß, und sammelt Gedanken.

Es könnte einmal ein Jahr 3001 sein, überlegt er, natürlich in christlicher Zeitrechnung. Die Religionen würden dann wohl schon ausgestorben sein wie so vieles andere. Es könnte sein, dass noch Menschen überlebt haben oder das, was sich aus ihnen entwickelt hat, und man könnte sich daran erinnern, dass die Zeitrechnung von der Geburt eines Juden aus, der in früher Vorzeit gelebt hat, gerechnet wird. Diese Nachkommen würden große Veränderungen durchgemacht und sich von den natürlichen Bedingungen der Erde abgekoppelt haben. Sie würden zwar noch auf der Erde leben, aber abgegrenzt in einem eigenen Lebensraum, der die Natur zu ihrer Schonung ausgeschlossen hat. Sie würden auch nicht den Menschen in vergangenen Jahrtausenden sehr ähnlich sein, sondern eine Symbiose mit der Technik eingegangen sein. Dass die Erde menschenfrei sein könnte, kann aus einem Grund nicht sein, denn sonst gäbe es auch keine Jahreszahl und das Jahr 3001 könnte nicht sein.

Er steht auf und geht im Zimmer herum. „Hat auch die Zukunft unendlich viele Möglichkeiten, sind sie doch mit der Gegenwart verbunden, denn der Samen für alles, was geschehen kann, schlummert im Gegenwärtigem. Es kommt mir so vor wie eine große Welle Wirklichkeit, die sich den Möglichkeiten entgegenwälzt, sich erneuert, und was gerade noch Wirklichkeit war, der Vergangenheit überlässt . Mit Aussagen, die in meine Vergangenheit reichen, muss ich vorsichtig umgehen, da darf ich nichts verfälschen. Bei allem, was über meine Gegenwart hinausreicht, habe ich freie Hand, darf aber die Verbindung zu allem Vorherigen nicht verlieren. Fantasien haben nur dann einen Wert, wenn sie Bezug zur Wirklichkeit haben. Also, ein Individuum könnte Sammler heißen und in ihm könnten alle verwirklichten Möglichkeiten der Vergangenheit gesammelt sein, die den Lauf der Entwicklung gelenkt haben. Das sind unvorstellbare Datenmengen, mögliches Geschehen in fast zehn Jahrhunderten komprimiert in einem zukünftigem Bewusstsein. Wenn ich nun die Frechheit besitze, einen zukünftigen Sammler einfach im Jahr 3001 entstehen zu lassen, kann ich auch auslesen, was er gesammelt hat. Ich könnte die Teile der verdichteten Information expandieren und erfahrbar machen.

Daraus könnte eine ungeschehene Geschichte eines Jahrtausends werden. Dieses fiktive Archiv aus ferner Zukunft würde also eine nicht geschehene Vergangenheit enthalten, die momentan noch meine Zukunft ist, als Möglichkeit weit in die Zeit hinausreicht und mit größter Gewissheit so nie entstehen wird. Als Einstieg nehme ich die Vergangenheit, meine Vergangenheit. Das scheint verwirrend, denn all unser Denken ist mit der Zeit verbunden. Möglichkeiten sind Zukunft, also noch nicht vorhanden. Ob vorhanden oder nicht vorhanden, ich setze mich darüber hinweg und schildere aus dem Blickwinkel eines fiktiven fernen Gesichtspunktes über die mir vertraute Vergangenheit hinaus das Ungeschehene, das nur als Möglichkeit existiert. Der Anfang dieses Archivs könnte noch sehr bruchstückhaft sein, denn in der Zeit, in denen die Datensammlung beginnen soll, entwickelten sich erst die Datenspeicher und waren noch nicht sehr stabil und nicht dauerhaft haltbar. Auch ein erdachter Sammler wird auf einen digitalen Fundus angewiesen sein.

Dann wendet der Schriftsteller sich wieder seinem PC zu und fängt an zu schreiben.

In Jahr 3001 existierte ein Individuum, das durch eine Jahrhunderte wirkende Evolution so sehr verändert war, dass es kaum mit heutigen Begriffe zu beschreiben ist. Es war kein Mensch mehr, es war keine Maschine, eine Symbiose aus beidem mit menschlichen und technologischen Traditionen. Die menschlichen Traditionen sollten durch Bewahrung der menschlichen Geschichte erhalten werden und so erstellte dieses Individuum, das hier Sammler genannt werden soll, ein Archiv, ein Archiv menschlicher Geschichte.

Archiv

Das Archiv beginnt in früherer Zeit, mit dem Beginn des technischen Zeitalters. Durch die Erfindung des Buchdruckes von Gutenberg fand das Wissen eine größere Verbreitung und förderte den Fortschritt. Mit der Erfindung der Dampfmaschine begann eine Reihe von Innovationen, die tiefgreifende Einschnitte in der menschlichen Gesellschaft hervorbrachten. In den Städten ersetzte Industrieproduktion ansässiges Handwerk und auf dem Lande verdrängten Landmaschinen die Landarbeiter, die in die Städte strömten. Feudale Strukturen zerfielen, die politische Macht ging an das Bürgertum über und geriet mit der stetig wachsenden Arbeiterschaft in Konflikt. Durch den Bau eines Streckennetzes der Eisenbahn entstand eine Infrastruktur für Handel und Personenverkehr. Durch Elektrifizierung konnten in der Industrie die klobigen Dampfmaschinen von handlicheren Elektromotoren ersetzt werden. Die Produktivität stieg sehr schnell an und erzeugte Arbeitslosigkeit und großes Elend unter der besitzlosen Bevölkerung. Das Bürgertum hingegen kam zu Wohlstand. Auch in Privathaushalte hielt die Elektrizität Einzug. Es entstanden sehr unterschiedliche Lebenswelten, die sehr wenig miteinander zu tun hatten. Auf der einen Seite befand sich der Adel mit Königen oder Kaisern an der Spitze, die eigentlich schon aus der Zeit gefallen waren, sich aber noch durch gewohnte Machtstrukturen an der Macht halten konnten, denn die militärische Macht lag noch immer in der Befehlsgewalt des Hochadels. Die Macht über das Kapital und die schnell wachsende Industrie hatte sich das Bürgertum angeeignet. Dieser begüterte Mittelstand machte mit dem Machtstreben der adligen Elite gute Geschäfte und wurde durch Militär und Staat geschützt. Der dritte Stand waren die Arbeiter und die vielen durch die Industrialisierung freigesetzten Arbeitslosen, Handwerker und Tagelöhner, zusammengefasst das Proletariat. Sie waren machtlos der Willkür ausgeliefert. Sie wurden durch propagandierten Nationalismus und eine als Tugend verkauften Vaterlandsliebe vom Adel und Bürgertum missbraucht. Diese

Entwicklung war zunächst auf Europa beschränkt und schwappte dann schnell auf Nordamerika über, wo viele Europäer dem Elend in den Anfangsjahren der Industrialisierung zu entkommen hofften. Im Zuge der neuen technischen Möglichkeiten bildeten sich Großmächte. Die neuen Industrienationen begannen, andere Völker und ganze Erdteile zu kolonisieren. England, Spanien und Portugal stritten sich um die Vormacht auf den Weltmeeren. Die Gier nach Gold vernichtete alte Kulturvölker in Südamerika. Afrika wurde unter europäischen Mächten aufgeteilt und große Teile der Einwohner wurden unter unmenschlichen Bedingungen als Sklaven nach Amerika verschifft, wo sie auf Baumwoll- und Zuckerrohrplantagen als Arbeiter gebraucht wurden. Die indianischen Völker

Nordamerikas wurden größtenteils vernichtet oder in begrenzte Gebiete umgesiedelt. Der Streit zwischen Großbritannien und Frankreich um die Vorherrschaft auf dem amerikanischen Kontinent endete damit, dass sich der Einfluss Frankreichs auf Kanada beschränkte. Deutschland stellte zwar viele Einwanderer nach Amerika, hatte aber keine territorialen Ansprüche. Großbritannien weitete seinen Einfluss auch auf Indien und China aus. Bei der Kolonisierung auf den anderen Erdteilen war Deutschland weniger erfolgreich, man hatte erst später damit begonnen und bekam bei der Afrikakonferenz, in der die Großmächte ihr Einflussgebiet festlegten, nur kleine Gebiete zugesprochen. Deutschland war keine Seefahrernation, nahm aber in der Mitte Europas eine starke wirtschaftliche Position ein. Der deutsche Kaiser versuchte, seinen Einfluss auf den Meeren auszubauen, was zu Konflikten mit England führte. Der Konkurrenzdruck der aufstrebenden Staaten mündete dann in einen verheerenden Krieg der europäischen Großmächte mit vielen Millionen Toten. Nach einigen Jahren hatten sich die Fronten festgefahren und nach Materialschlachten entstand ein Stellungskrieg. Die Bevölkerung hungerte. In Russland kam es zu einer Revolution, der Zar wurde ermordet und die Revolutionäre stellten den Krieg ein. Im Westen rückte die Niederlage der Mittelmächte immer näher. Nach dem selbstmörderischen Befehl an die weit unterlegene deutsche Flotte, die englischen Flottenverbände anzugreifen, kam es zur Meuterei der Matrosen und in Hamburg wurde *eine Revolutionsregierung gebildet. Die Revolution breitete sich über ganz Deutschland. Der Kaiser wurde abgesetzt und musste fliehen.*

Der Schriftsteller macht eine Pause, steht auf und holt das Tagebuch seines Großvaters, das er in einer Schublade sorgfältig aufbewahrt hat, seit es ihm sein Vater vererbte. Schon bald ist er in die persönlichen Aufzeichnungen seines Vorfahren versunken, das Schreiben an dem PC kann warten. Erst am kommenden Tag setzt er sich wieder an sein Schreibgerät.

Archiv

Der erste Weltkrieg endete mit fast 20 Millionen Toten und der Niederlage der Mittelmächte Deutschland,

Österreich-Ungarn und dem Osmanischen Reich. Grenzen wurden neu gezogen, Österreich-Ungarn wurde aufgeteilt, das Osmanische Reich aufgelöst, Deutschland verlor seine Kolonien und ihm wurden hohe Reparationskosten auferlegt. Nachdem der Kaiser abgedankt hatte, musste die neugegründete Republik mit den hohen Folgeschäden fertig werden. Das zurückströmende Heer musste eingegliedert werden. Teile der Armee wurden zu einer Keimzelle für faschistische Gesinnung. Es entstand die Propagandalüge, dass linke Kräfte dem siegreichen Heer einen Dolchstoß versetzt hätten. Eine vorher schon vorhandene völkische Gesinnung erhielt starken Auftrieb. Auf der anderen Seite standen demokratiefeindliche linke Organisationen kommunistischer Prägung. In Russland kämpften die Anhänger einer demokratischen Revolutionsregierung gegen Anhänger einer kommunistischen Diktatur. Die Rote Armee siegte und es entstand eine kommunistische Parteiendiktatur.

Die neugeschaffene deutsche Republik stand von Anfang an unter dem Druck der auferlegten Friedensbedingungen durch die Siegermächte, einer Weltwirtschaftskrise mit Massenarbeitslosigkeit und der prinzipiellen Feindschaft zwischen der antidemokratischen Linken und Rechten, den Anhängern einer kommunistischen Weltrevolution und den Anhängern einer faschistischen Diktatur. In bürgerlichen Kreisen meinte man, dass man die Nationalisten benutzen könnte, um den Staat zu stabilisieren, verkannte aber deren Radikalität, bis dem Parlament mit einem

Staatsstreich alle Macht aus den Händen genommen wurde. In nur zwei Jahrzehnten nach dem Weltkrieg scheiterte die pluralistische parlamentarische Demokratie in Deutschland, in den Mittelmeerländern Italien, Spanien, Griechenland und Portugal, in den Balkanstaaten Jugoslawien, Bulgarien und Rumänien, im Baltikum und Polen, überall kamen autoritäre diktatorische Regime zum Zuge.

Sinnend unterbricht der Schriftsteller das Schreiben. War es damals nicht fast so wie heute? In den USA mobilisierte ein Showman mit Hassparolen und dem Märchen von einem gestohlenen Wahlsieg fast die Hälfte der Bevölkerung. In Italien kommt eine Frau an die Macht, die sich zum Faschismus bekannt hat. In Ungarn regiert ein Despot und in Polen herrschte die PIS und macht nun nach ihrer Ablösung der liberalen Regierung das Leben schwer. In Frankreich drohen Rechtsradikale die Macht zu übernehmen und hier in unserem Lande entstand eine Partei von faschistischer Gesinnung mit Nazis in ihren Reihen. Mit einem Seufzer wendet der Schriftsteller sich wieder dem Schreiben zu.

Archiv

Der zur Ächtung des Krieges gegründete Völkerbund schaute machtlos zu, als das faschistische Italien zu kriegerischen Aktionen in Afrika aufbrach und die spanische Halbinsel in einem dreijährigem Bürgerkrieg unter Beteiligung des kommunistischen Russlands, der westlichen

Demokratien und des faschistischen Deutschlands verwüstet wurde. Die Anfangserfolge des diktatorischen Naziregimes stießen trotz einer anachronistischen Weltanschauung und der Repressalien gegen die jüdische Bevölkerung in der Hoffnung, in ihnen ein Bollwerk gegen kommunistische Strömungen zu haben, auf ein wohlwollendes Interesse westlicher Demokratien. Die Jugend der Welt traf sich bei Olympischen Spielen in Berlin. Aber die brutale Machtpolitik des nazistischen Deutschlands machte alle Verständigungsgedanken zunichte. Das nach dem ersten Weltkrieg unter französischer Verwaltung stehende Saarland wurde besetzt, Österreich an das Reich „angeschlossen" und die Tschechoslowakei zerschlagen. Nach Abschluss eines Nichtangriffspaktes mit der Sowjetunion wurde Polen überfallen, was die Kriegserklärungen Frankreichs und Großbritanniens auslöste. Aufs Neue, von dem deutschen Diktator Hitler ausgelöst, entstand ein Weltkrieg. Im Inneren wurden Oppositionelle verhaftet, Juden sowie Sinti und Roma wurden zusammengetrieben und in Konzentrationslagern eingesperrt. Arbeitsfähige wurden zu Zwangsarbeit herangezogen und Alte, Kranke und auch Kinder wurden ermordet. Die deutsche Wehrmacht marschierte unter Missachtung der Neutralität in die Niederlande und nach Belgien ein und besetzte Frankreich. Auch das Baltikum und die Skandinavischen Länder wurden besetzt. Von militärischen Erfolgen vernebelt fiel Deutschland auch in Russland ein. Das mit Deutschland verbündete Japan überfiel mit Kampfflugzeugen überraschend die im Hafen ankernde amerikanische Flotte, worauf die USA Japan den Krieg erklärten. Deutschland und Italien erklärten nun ihrerseits den USA den Krieg. Großbritannien erwehrte sich deutscher Angriffe in Afrika, flog als Vergeltung von deutschen Bombardierungen englischer Städte gegen deutsche Städte Bombenangriffe und hielt die Vorherrschaft auf den Meeren.

In Deutschland arbeitete man an weitreichenden Raketen und an einer sogenannten Geheimwaffe. Unter Einsetzung ihres wirtschaftlichen technischen Potenzials waren die USA endgültig aus ihrer Isolationspolitik ausgetreten und hatten eine gewaltige Allianz mit den westlichen Alliierten und dem von Deutschland angegriffenen Reich des Diktators Stalin geschaffen. Im Winter kam es dann vor Stalingrad mit der Einkesselung und der Vernichtung einer ganzen deutschen Armeeeinheit zum Zusammenbruch der Invasionsarmeen. Das westliche Bündnis unter Führung der USA griff vom Norden und Süden die von Deutschen besetzten Territorien an, im Osten drang die Rote Armee vor. Als der Hitlermacht die Stunde der Kapitulation schlug, entschieden die Weltmächte USA mit dem Präsidenten Roosevelt und die Sowjetunion mit dem Imperator Stalin die Geschicke der Nachkriegszeit, die Bündnispartner Frankreich und Großbritannien spielten eine Nebenrolle. Das Trümmerfeld Europa wurde in Einflusszonen geteilt. Den USA war es als Erste gelungen, die Kernenergie zu nutzen, um damit Bomben zu bauen. Sie beendeten durch den Abwurf von zwei Atombomben auf zwei

japanische Großstädte mit einer vier-
tel Millionen Toten und vielen durch
Strahlung Geschädigten den Krieg
mit Japan. Es folgte ein Wettlauf um
diese vernichtende Waffe. Auch die
Sowjetunion entwickelte die Bombe,
was dann zu einem Vernichtungspo-
tenzial führte, das groß genug war,
um die ganze Welt mehrfach zu zer-
stören. Zwei Blöcke standen einander
nun feindlich gegenüber, die USA mit
den westlichen Demokratien und der
sowjetische Machtbereich. Zwei
große Länder machten Anstrengun-
gen, die wirtschaftlichen Rückstände
aufzuholen, China, das durch eine
kommunistische Revolution mit der
Sowjetunion befreundet war, und Indien, das sich von der Vorherrschaft
Großbritanniens befreit hatte.

Ermutigt durch eine Rede des britischen Premierministers Churchill

beschlossen in Deutschland 13 Länder 1946 die Gründung einer europäischen Gemeinschaft. 1949 unterzeichneten 10 Staaten die Statuten des Europarates, der sich bald auf 18 Staaten erweiterte. Es blieb aber ein schwieriges Unterfangen, die Nationalstaaten davon zu überzeugen, einige Aufgaben nationalstaatlicher Kompetenzen zur Einigung des Kontinents aufzugeben. Deutschland war geteilt in einen Ostteil unter sowjetischem Einfluss und einen westlichen Teil, der sich dank amerikanischer Hilfe wirtschaftlich schnell entwickelte. Durch wirtschaftliche Ungleichheit und Unterdrückung flohen viele Einwohner der sowjetisch besetzten Zone in den Westen. Im Westen wurde aus den englischen, französischen und amerikanischen Besatzungszonen die Bundesrepublik

Deutschland und im Osten entstand die sozialistische Deutsche Demokratische Republik. 1953 kam es in der DDR zu einem Volksaufstand, der mit sowjetischen Panzern beendet wurde. Um die Massenflucht zu unterbinden, befestigte die DDR die Grenze und baute mitten durch die ehemalige Hauptstadt Berlin, die auch geteilt wurde, eine Mauer. Nach der Gründung einer europäischen Gemeinschaft für Kohle und Stahl, der Montanunion, wurde Ende der 50er Jahre die Europäische Wirtschaftsgemeinschaft gegründet, die im militärisch-strategischen Bereich auf Initiative der Supermacht USA durch den Nordatlantikpakt abgesichert wurde. 1999 wurde als gemeinsame Währung Europas der Euro eingeführt, zuerst nur als Buchwert und drei Jahre später als Bargeld. Vielen Idealisten *ging die europäische Vereinigung nicht weit genug, denn statt der erträumten europäischen Republik entstand ein Europa der Nationalstaaten, das immer mehr durch Beitritt anderer Staaten erweitert wurde und so durch die auf manchen Gebieten erforderliche Übereinstimmung der Einzelstaaten in politischer Sicht sehr eingeschränkt war.*

Nachdenklich lehnt sich der Schriftsteller zurück. Ihm wird bewusst, dass er sich sehr dem kleinen Deutschland und Europa gewidmet hat. Ein Sammler aus fernen Jahren würde sicher mehr Augenmerk auf das Schicksal der gesamten Erde lenken. Was soll ich machen, denkt er, ich bin eben ein Kind Europas und vieles hat sich zu meiner Lebenszeit zugetragen. Eine objektive Sicht werde ich dem von mir erschaffenen Wesen nicht geben können, so sehr ich mich auch darum bemühe. Dann schreibt er weiter.

Archiv

Als die Sowjetunion zerfiel, glaubte man, dass die Spannungen in der Weltpolitik nun allmählich behoben werden könnten. Nach einer friedlichen Revolution in der DDR entfiel die innerdeutsche Grenze und die Wiedervereinigung der beiden Staaten wurde von den ehemaligen Siegermächten akzeptiert. In Russland wurde der reformwillige Präsident Gorbatschow abgelöst, sein Nachfolger führte den Kapitalismus ein. Dann folgte ihm an der Spitze der Macht ein junger Geheimdienstagent, der einige Zeit in Deutschland stationiert gewesen war. Dieser neue Präsident Putin hielt vor dem deutschen Bundestag eine Rede für Frieden und Verständigung, die mit stehendem Beifall aufgenommen wurde. Seine folgenden Taten entsprachen aber dem Gegenteil, denn er begann mit kriegerischen Mitteln seine Macht auf die durch den Zerfall der Sowjetunion entstandenen 14 selbstständigen Staaten auszudehnen. Daraufhin nahmen die Spannungen in Europa wieder zu. Als der russische Diktator die Krim und große Gebiete im Osten der Ukraine besetzte, begannen dort kriegerische Auseinandersetzungen, die mit dem Einmarsch russischer Truppen in die Ukraine ihren Höhepunkt fanden. Die westlichen Demokratien und die USA leisteten durch Lieferung von Waffen an die Ukraine Hilfe, die Invasionstruppen konnten zunächst zurückgeschlagen werden, aber im Osten der Ukraine wütete ein langer verlustreicher Krieg, in dessen Verlauf Russland mit Raketen, Bomben und neu entwickelten unbemannten Flugkörpern die Infrastruktur in der gesamten Ukraine verwüstete.   Jahrzehnte davor hatte sich in den vom zweiten Weltkrieg erholten und erstarkten Ländern Europas und in den USA während der Nachkriegszeit die Technik in einem nie erahnten Tempo weiterentwickelt. Automobile füllten die neu errichteten Straßen, ein dichtes Netz von Flugschneisen teilte sich den Himmel. Der Funk hatte sich mit Ton und Bild die Wohnzimmer erobert und sich zu einem dichten Datennetz gemausert. Das passierte in atemraubender Geschwindigkeit dank des aus den USA importierten Kapitalismus, was nicht nur in Europa geschah. In China hatte nach einer kurzen kommunistischen Periode der Kapitalismus Einzug gehalten und China zu einer Weltmacht katapultiert, die den Weltmarkt mit ihren Produkten überschwemmte. Der chinesische Kapitalismus erwies sich als sehr effektiv, weil er durch eine strikte Diktatur rücksichtslos seine gesteckten Ziele ansteuern konnte. In Indien hatte sich ein religiös geprägtes ebenfalls demokratisches System dem Kapitalismus verschrieben und war dabei, auch größeren Massen einen gewissen Wohlstand zu erschaffen. Australien und Neuseeland und viele Länder Ostasiens nahmen ebenfalls am Welthandel und Wohlstand teil. Selbst in Afrika erholte man sich von dem Kolonialismus, bildete neue Staaten und versuchte, trotz vieler kriegerischen Auseinandersetzungen den Wohlstand der westlichen Staaten einzuholen. Den größten Wohlstand hatten die arabischen Staaten durch ein reichliches Vorkommen von Erdöl erlangt.

Das alles ging weltweit auf Kosten der Umwelt. Schon zu Beginn der rasanten technischen Entwicklung hatten Wissenschaftler vor der Zunahme an Kohlendioxid und dem damit verbundenen Temperaturanstieg gewarnt. Es gab Konferenzen und es erfolgte sogar eine Umstellung hin zu erneuerbaren Energien. Die Umweltzerstörung konnte dadurch nicht gestoppt werden. Der entfesselte Kapitalismus diktierte seine Bedingungen. Seine positive Kraft durch Entwicklung des Wohlstands in vielen Ländern wandelte sich in das Gegenteil, indem er die Lebensgrundlagen zerstörte. *Immer mehr Produkte mussten konsumiert werden und immer mehr Ressourcen der Erde wurden in nicht benötigte Produkte umgearbeitet. Die Welt erstickte an dem sinnlosen Tun. Das goldene Kalb der Neuzeit war das Wachstum geworden, das Wachstum wurde angebetet und drohte, die Welt zu verschlingen.*

In zwei Jahrzehnten war es gelungen, die Energieproduktion ganz auf regenerierbare Erzeugung umzustellen, aber die Klimakatastrophe schritt fort. Gegenüber der Jahrtausendwende hatte sich die mittlere Jahrestemperatur um nahezu 4 °C erhöht, die angestiegene Luftfeuchtigkeit verstärkte den Trend. Durch die Abschmelzung des polaren Eises war der Meeresspiegel um 4,2 Meter angestiegen, der Golfstrom war unterbrochen und die Unwetter hatten an

Häufigkeit und Stärke zugenommen. Große Landmasse war durch den gestiegenen Meeresspiegel verloren gegangen. Hunger und Krankheit wüteten in den stark überbevölkerten Gebieten. Die Geburtenrate war stark eingebrochen, die wenigen Heranwachsenden konnten die Last der überalterten Gesellschaft nicht mehr schultern. Nur ein Problem hatte sich von selbst erledigt. Das Kapital fand keine Anlagemöglichkeit mehr, der Konsum war gesättigt, die Wohnungen vollgestopft mit überflüssigem Kram, die Straßen vollgestellt mit Fahrzeugen, es gab keine Feriengebiete mehr, Geld war sinnlos geworden und damit auch die Ungleichheit der Menschen. Menschliche Kompetenz ging mehr und mehr zu der Technik über, die Menschen schafften sich zugunsten einer technischen Symbiose ab.

Diese im Archiv aufgezeichnete Entwicklung führte dann zu einem Wesen, das der Schriftsteller „Sammler" genannt hat. Nun ist es mehr als verwegen, aus der Sicht der schier unmöglichen Existenzform eines ausgedachten Sammlers die unwahrscheinlichen Möglichkeiten vergangener Zeiten in Form eines fiktiven Archivs aufzuzeigen, aber diese sehr unwahrscheinlichen Möglichkeiten reiben sich an vergangenen und auch kommenden Realitäten.

Da dieses Archiv weit in die Vergangenheit reicht, möchte der Schriftsteller noch einmal darauf hinweisen, dass es sich um ein virtuelles Archiv eines virtuellen Sammlers handelt und somit mit den Geschichtskenntnissen des Lesers nicht unbedingt zur Deckung zu bringen sein muss. Die geschichtlichen Kenntnisse eines Lesers sind realistisch, soweit man Geschichte als real bezeichnen kann. Jedenfalls berichtet Geschichte, mal aufrichtig, mal verfälscht von realen Begebenheiten. Wenn das Archiv die erlebte Welt des Schreibenden verlässt, beginnt das Reich der Möglichkeiten, die so sicher nie zur Realität werden.

Der Schriftsteller wird von seinem Enkel Gernot besucht. Er ist gespannt darauf, wie Gernot die Idee von der geschichtlichen Sicht aus ferner Zukunft mit der gedoppelten Vergangenheit findet und er gibt ihm einige Seiten des Manuskripts zu lesen. Gernots Reaktion ist gelinde gesagt etwas nachsichtig. Er meint, die Skepsis des Autors käme allzu sehr zum Tragen. Auch den geschichtlichen Teil findet er einseitig. Seiner Meinung nach gab es auch neben harten Bedingungen der Vergangenheit sehr viel Geist und Kultur. Diese Welt hätte viele große Menschen hervorgebracht. Ohne diese Glanzpunkte der Geschichte könne man doch nicht auf die Zukunft schließen. So gesehen muss der Schriftsteller ihm Recht geben. Ihm scheint nun auch, dass er einem neutral betrachtenden Sammler nicht gerecht wurde, es ist wohl doch mehr seine eigene Sicht auf Geschichte und Zukunft geworden.

Der Schriftsteller ist ja frei, er kann einen neuen Sammler erfinden, der die Geschichte der Menschheit mit größerer Empathie betrachtet. Dann wird sich herausstellen, was bei einem Sammler mit Menschenliebe oder auch nur etwas Zuneigung zu unserer Rasse in dem Archiv verzeichnet sein könnte. Er beschließt, mit den großen Denkern, Philosophen, Wissenschaftlern und Kunstschaffenden der Geschichte zu beginnen. Ein Anknüpfungspunk wäre vielleicht Meister Eckhart, fällt ihm ein. Dieser große Geist lebte in der Zeit des Übergangs vom hohen zum späten Mittelalter und predigte und mit erstaunlich modern anmutenden Aussagen in einem Meer von dogmatischem Christentum. Also auf ein Neues.

Archiv

In einer Zeit, in der die Menschen in ein dogmatisches Korsett der christlichen Kirche eingeschnürt waren, durchbrach Meister Eckhart, selbst ein Mann der Kirche, mit radikalen Gedanken die Anschauungen seiner Zeit. In einer Predigt sagte er: „In meiner Geburt wurden alle Dinge geboren und ich war Ursache meiner selbst und aller Dinge, und hätte ich gewollt, so wären weder ich noch alle Dinge. Wäre aber ich nicht, so wäre auch ´Gott` nicht. Dass Gott ist, dafür bin ich die Ursache, wäre ich nicht, so wäre auch Gott nicht." In einer weiteren Predigt führte er aus: `Und wenn Gott weder Güte noch das eine ist, was ist er dann? Er ist das Nichts des Nichts, er ist weder dies noch das.`An anderer Stelle: `In euren unzulänglichen Gedanken ist Gott gut, ist weise, ist gerecht, ist unendlich. Gott ist nicht gut, ich bin besser als Gott. Gott ist nicht weise, ich bin weiser als er. Gott ein Sein zu benennen, ist *unsinnig, wie wenn ich die Sonne bleich oder schwarz nennen wolle. Hätte ich auch einen Gott, den ich zu begreifen vermöchte, so wollte ich ihn niemals als einen Gott erkennen.`*

Hier unterbricht der Schriftsteller sein Schreiben und liest die letzten beiden Seiten noch einmal durch. Kann es sein, dass eine Superintelligenz aus der fernen Zukunft einem Mystiker des 13ten Jahrhunderts so große Aufmerksamkeit widmet? In dieser Zeit fand eine starke Auseinandersetzung mit dem Glauben statt. In Meister Eckhart spiegelte sich sicher nicht der Geist jener Zeit, er gibt nur ein Beispiel dafür, was in jener Zeit möglich war. Einer so fernen Intelligenz müssten doch die menschlichen Religionen sehr kurios und interessant erscheinen. In heutiger Zeit gibt es kaum noch Glaubensauseinandersetzungen, die Glaubensgemeinschaften sind zu Institutionen geworden. Es gibt Verschwörungserzählungen, alte und neue, es gibt Esoterik, es gibt alternative Medizin, also alternative Wissenschaft und dergleichen Unsinn, geistige Auseinandersetzungen sind selten geworden. So wird das Interesse an Meister Eckhart verständlich. Der Schriftsteller wendet sich wieder der Tastatur zu und setzt seine Zwiesprache mit einem imaginären Archiv fort.

Archiv

Die Gedanken des Meister Eckhart brachten Bewegung in die überkommenen religiösen Vorstellungen. Die Zeit, in der er predigte, kann als eine Umbruchzeit verstanden werden. In

Klosterschulen lehrte man Ideen, die aus Palästina über Griechenland und Rom überliefert waren. Aristoteles übte einen großen Einfluss aus. Der Islam hatte in Europa Fuß gefasst und brachte Einflüsse der Medizin und die arabische Mathematik. Wilhelm von Ockham lehrte, dass nur durch Beobachtung echtes Wissen erreicht werden könne, und eröffnete eine empirische, experimentelle, wissenschaftliche Betrachtungsweise. Universitäten wurden gegründet wie in Bologna und in Padua, aber dann auch in Deutschland in Heidelberg, Leipzig und Rostock. Technische Erfindungen kamen meistens aus China und Arabien wie Seide, Schießpulver und Porzellan oder Messgeräte und das Zahlensystem. Den größten Impuls auf die Verbreitung von kultureller und zivilisatorischer Bildung

brachte die Erfindung der Drucker-
presse von Johannes Gutenberg. Es
war aber noch ein weiter Weg von
dem Mittelalter zu der Zeit, die man
Neuzeit nennt. In Italien entwickelte
sich in der Epoche der Renaissance
eine Vielfalt von Staatsgebilden.
Stadtstaaten wie Florenz, Venedig,
Genua, Lucca und Siena formten sich
mehr oder weniger in Anlehnung an
die Antike. Sie förderten das Bewusstsein der Unabhängigkeit und wurden
zu wichtigen Werkstädten des modernen europäischen Geistes. Pico
della Mirandola formulierte das
Menschenbild der Renaissance in einer Rede: ʹDu allein hast eine Entwicklung, ein Wachsen nach freiem
Willen, du hast die Keime eines allar-
tigen Lebens in dir.ʹ Die Anerkennung
der Gleichwertig- und Gleichrangig-
keit der Geschlechter führte dazu,

dass beide Geschlechter die gleiche geistige und musische Erziehung erhielten. Auch in der Wissenschaft und Kunst spiegelte sich das neue Lebensgefühl in einer großen Fülle an Entdeckungen, Wandlungen, Techniken und Lebenszielen.

Auf dem Gebiet der Naturwissenschaft wurde dieser Wandel in der Person von Galilei deutlich. Galilei war ein italienischer Universalgelehrter. Er war Mathematiker, Physiker und Astronom. Durch die Veröffentlichung seiner Erkenntnis, die auf der Entdeckung von Nikolaus Kopernikus beruhte, wonach die Erde ein Planet ist, der sich wie andere Planeten um die Sonne dreht, fiel er der Inquisition zum Opfer.

Nur langsam wurde in Nordeuropa der Geist der Renaissance durch den Humanismus wirksam. Gebremst wurde durch Jahrhunderte die Entwicklung des menschlichen Geistes durch die Verbreitung von Angst, durch Verschwörungserzählungen von einem Jenseits, von der Hölle und der Macht des Satans, die von der Kirche mit vereinfachten Bildern verbreitet wurden. Abtrünnige wurden verdächtigt, mit dem Teufel im Bunde zu sein, und erlitten grausame Qualen, viele wurden bei lebendigem Leibe verbrannt. Es kam zu einer Reformation und einer Gegenreformation und damit zu grausamen Religionskriegen. In Deutschland war es der Mönch Martin Luther, der sich gegen den Papst auflehnte und die Bibel übersetzte, und in Frankreich Johannes Calvin, der sich gegen die katholische Oberhoheit wandte.

Ein 30-jähriger Krieg wurde durch den Westfälischem Frieden beendet. In dieser Zeit der Kriegswirren forderte die Pest viele Opfer, in einigen Gegenden starben mehr als 50% der Bevölkerung an dieser Krankheit.

In dem zerstörten Europa standen die verschiedenen Glaubensrichtungen einander noch immer feindlich gegenüber. In Frankreich gewährte Heinrich der IV der streitbaren calvinistischen Bevölkerungsgruppe bedingte Religionsfreiheit. Der Rechtsdenker Jean Bodin definierte in seinen weit beachteten Schriften den zentralen Begriff der Souveränität. Dieser Souveränität war auch der Monarch verpflichtet und dem Untertan gebot sie Gehorsam. Auf dem Fundament, das Bodin in der Theorie und König Heinrich IV. in der Regierungspraxis gelegt hatten, arbeitete Richelieu an der Errichtung eines straff gelenkten Einheitsstaates und eröffnete damit das Zeitalter des Absolutismus. Auch nach dem Tode Richelieus setzten sich in den folgenden Jahrzehnten die zentralistisch-bürokratischen Tendenzen gegen das Aufbegehren ständischer Kräfte durch. Mit König Ludwig XIV trat der französische Absolutismus in seine Glanzperiode ein, die den Fürsten in ganz Europa als Ordnungsmodell vorschwebte. Die unumschränkte Machtstellung verlangte Glorifizierung und Repräsentation, die sich Ludwig mit dem Bau einer strahlenden Residenz bei dem Ort Versailles verschaffte. Die Aristokratie aller europäischen Regionen war bemüht, ohne Rücksicht auf ruinöse Kostspieligkeit Schlösser und Parkanlagen im französischen Stil anzulegen.

Ludwig der XIV war schon bei der Geburt ein großes, starkes Kind. Da die damalige Ärzteschaft daran glaubte, Krankheiten kämen von schlechten Zähnen, zog man dem König schon in der Mitte seiner Lebensjahre alle Zähne. Aus Missgeschick wurde mit den stark entwickelten Zähnen auch ein Teil des Oberkiefers herausgerissen. Nun konnte der König nur zerkleinerte Mahlzeiten zu sich nehmen. Gegen die dadurch entstandenen Verdauungsprobleme gab man ihm starke Abführmittel. Im Schloss waren die Wege zur Toilette oft weit, und so passierte dem König manches Malheur. Dadurch verbreite er einen nicht königlichen Duft. Er bekam am Gesäß einen schmerzhaften Abszess. Um die operativ ungeübten Ärzten zu schulen, suchte man im ganzen Land nach ähnlichen Fällen, woraufhin der Leichenwagen sehr oft die Operationsstelle verlassen haben soll. Als es dem König zu viel schien, schnitten die Ärzte den Abszess heraus, während der König seinen Kopf in den Schoß seiner Mätresse bettete. Schon am nächsten Tag saß Ludwig XIV wieder auf seinem Thron und verrichtete seine Amtsgeschäfte.

Künste und wissenschaftliche Forschung erhielten während dieser Epoche auch in dem in Fürstentümer zersplitterten Europa wesentliche Impulse.

Eine verfassungsgeschichtlich für Europa folgenreiche Sonderentwicklung fand in Holland und auf den britischen Inseln statt. Hier gelang es ständischen Kräften, gegenüber fürstlichen Machtansprüchen ein eigenständiges Recht, einen Anteil an Souveränität durchzusetzen. In London siegte die aristokratisch-großbürgerliche Körperschaft des

Parlaments nach wechselvollen Kämpfen. Die holländischen General-staaten waren mit dem britischen Inselreich durch Personalunion verbunden. In Europa verbreitete sich durch Schriften des Mathematikers Rene Descartes ein Rationalismus, der die Zweifel an allen überkommenen Lehrmeinungen zum Ausgangspunkt philosophischen Denken machte. In Frankreich wurde der Cartesianismus an den Universitäten verboten, weil er nicht nur Christentum, sondern auch die Herrschaft des Königs in Frage stellen konnte. Wissenschaftliche Beobachtungen und Berechnungen Isaak Newtons, insbesondere die endgültige Klärung des Gravitationsgesetzes, führten zu vielfältigen Forschungen und Theorien des Universalgelehrten Leibnitz. In Gottfried Wilhelm Leibnitz schien sich die gesamte Geistesstruktur des zeitgenössischen Europa zu verdichten. Ein Sprachrohr aufklärerischen Denkens wurde die Zeitschrift „Encyclopedia", die überall an den Höfen, in den Salons und in Gelehrtenkreisen gelesen und diskutiert wurde. Sie verbreitete im Bereich der politischen Theorie Vorstellungen und Ideale, die zum Gemeingut der Gebildeten wurden, wie Gleichheit vor dem Gesetz, Unterwerfung der Monarchie unter das Naturrecht, Humanisierung des Strafrechts und Freiheit der Presse. Als Geschichtsschreiber wurde Voltaire Wegbereiter einer historischen Betrachtungsweise. Die Fürsten Europas rechneten es sich als Ehre an, die Geistesgrößen der neuen Zeit empfangen zu dürfen. Das Königreich Preußen stieg zu einer neuen Großmacht auf.

Friedrich II. war eine Symbolfigur des aufgeklärten Absolutismus. Im Sinne der Aufklärung wurden Humanisierung der Strafjustiz, Unabhängigkeit der Rechtsprechung, konfessionelle Toleranz und Geistesfreiheit zu Grundsätzen der preußischen Innenpolitik. Die klassische deutsche Philosophie wurde durch große Werke Kants, Herders, Schillers und Goethes geprägt und hatte in führenden Schichten zivilisatorisches Bewusstsein geweckt. Angesichts der hegemonialen Kriege diesseits und jenseits der Weltmeere wuchs das Bewusstsein für die Einheit des Kontinent. Die amerikanische Revolution mit den von ihr proklamierten Idealen bedeutete für die Elite Europas eine fundamentale Herausforderung. Das System der absoluten Monarchie, das über anderthalb Jahrhunderte das

politische Gesicht des Kontinents be-
stimmt hatte, versank im Umbruch.

Der Schriftsteller hat wie in Trance geschrieben, ein imaginäres Archiv vor Augen. Er fühlt sich ausgelaugt und verordnet sich eine Pause. Am späten Abend kann er nicht einschlafen. Als er schließlich in einen leichten Schlaf fällt, träumt er, in der fernen Zukunft zu sein. Das Wesen, das er Sammler nannte, überrascht ihn sehr, es ist gänzlich anders, als er es sich vorgestellt hat. Es ist ein Kind, er schätzt es auf ca. 6 Jahre. Es versteht seine Sprache, aber als er es über die Welt in seiner Zeit unterrichten will, versteht es die Begriffe nicht, die er verwendet. Mit großen Augen schaut es ihn an. Es stellt ihm Fragen, die er nicht beantworten kann. Er ist verzweifelt. Schweißüberströmt wacht er in tiefer Niedergeschlagenheit auf.

Als er sich dann nach dem Frühstück wieder an seinen PC setzt, ist er noch immer tief deprimiert, aber er kämpft gegen die schlechte Stimmung und beginnt wieder zu schreiben.

Archiv

Dieser Zeit schloss sich ein Zeitalter der Entdeckungen an, die Reconquista von Spanien und Portugal führte zur Entdeckung und Eroberung von Teilen Nord- und Südamerikas. Das große Inkareich wurde durch Krieg und eingeschleppte Infektionen, gegen welche die Eingeborenen keine Abwehr besaßen, fast ganz vernichtet. Auch in Asien und Afrika wurden Länder in Besitz genommen. Entgegen den moralischen Ansprüchen führten diese Entdeckungs- und

Raubzüge aus materieller Gier zu großem Elend in den betroffenen Ländern. In Großbritannien begann unter
Ausbeutung der Ärmsten eine indust-
rielle Revolution. England strebte die
Hoheit auf den Weltmeeren an und
besiegte die spanische Flotte. Mittel-
europa bestand aus vielen kleineren
Fürstenstaaten, lediglich Preußen
brachte eine territoriale Macht her-
vor. In Europa wuchs der Wille, die
neu erschlossene Welt zu erkennen
und durch die Kraft der Vernunft zu
verändern, es wurden Forderungen
zur Neuordnung des Staates laut.

Es war Jean-Jacques Rousseau, der
den Begriff der Volkssouveränität
wieder aufgriff. Ungeteilt, so schrieb
er, muss die Staatsgewalt in die
Hände des Volkes gelegt werden. Er
wollte die Gleichheit aber nicht nur
politisch, sondern auch für die

Eigentumsverhältnisse verstanden wissen. Seine brillanten Formulierungen wirkten zündend in intellektuellen Kreisen. In Rede und Schrift versuchte er, seinen Glauben an den Siegeszug von Wissenschaft, Freiheit und Gleichheit zu verbreiten. Das aufgeklärte Bürgertum griff begierig die vorgetragenen Parolen von Selbstbestimmung und Gleichheit auf.

Außenpolitische Misserfolge, höfische Sittenlosigkeit und Prunksucht hatten das Königtum Frankreichs zum Bankrott und zum Verlust seiner Autorität geführt. Die Mehrheit der Nationalversammlung sah ihre Stunde gekommen und griff zur Macht. Aber während im Parlament noch um eine Verfassung gerungen wurde, brach in Paris und später auch in den Provinzen mit elementarer Wucht der Aufstand der Massen aus.

Bei der Erstürmung der Bastille, der Aufstellung einer bewaffneten Volksmiliz und der Wahl eines Kommune Rates der Hauptstadt kamen Kräfte zum Durchbruch, die zunächst jubelnd begrüßt, bald jedoch gefürchtet wurden. Die Gedanken individueller Freiheit und rechtlicher Freiheit bekamen Verfassungscharakter. Doch durch die aufgeheizte Stimmung kam es zu Gewalttaten zunächst gegen Adlige, dann gegen bisher privilegierte Bürger. Die Kirche wurde enteignet, was in gläubigen Kreisen Widerstand erregte. Wie gebannt schaute Europa den Ereignissen zu, der Adel mit Befürchtungen, die Verfechter der aufgeklärten Weltanschauung wie Immanuel Kant und Friederich Schiller mit Enthusiasmus.

Viele Freunde der Revolution wurden später allerdings bitter enttäuscht, als eine Entwicklung einsetzte, die einer Pervertierung der proklamierten Ideale gleichkam. Girondisten und Jakobiner richteten in der Gesellschaft und in den eigenen Reihen ein Blutbad an. Die Entwicklung der Verfassungswirklichkeit einer radikalen Demokratie ging in die Diktatur einer radikalen Minderheit über. Während fanatisierte Revolutionsheere nach Belgien und Deutschland vordrangen, schritten Marat, Danton und Robespierre zur physischen Vernichtung aller wirklichen und vermeintlichen Gegner. In der Hauptstadt raste die Guillotine, auch der König und die Königin mussten auf das Schafott. In der letzten Steigerung des Terrors schafften sich die Weggefährten gegenseitig aus dem Weg. Robespierres engster Freund Dalton musste unter das Fallbeil.

Als das Land durch die Herrschaft des Wohlfahrtsausschusses niedergedrückt wurde, trat das Erbe des Königtums nicht die demokratische Republik, sondern das Cäsarentum eines General Bonaparte an. Als militärischer Befehlshaber des gegen die europäischen Fürstenheere siegreichen Revolutionsheeres riss er die Macht an sich. Er ließ sich als Kaiser krönen, die rationalistische Vereinheitlichung des Rechtes und die Neuordnung der Verwaltung wurden aber weitergeführt. Die Söldnerheere der europäischen Fürsten konnten den Truppen Napoleons keinen Widerstand leisten. Im Namen einer angeblichen Befreiung wurde ein Erdteil unterjocht und territorial sowie verfassungspolitisch umgestaltet. Napoleons Feldzug nach Russland und die Niederlage im russischen Winter, in dem die Russen Ihre Hauptstadt Moskau in Brand setzten, um Napoleons Truppen aufzuhalten, brachten einen Wendepunkt. Nach einem katastrophalen Rückzug konnten dann die neuaufgestellten Heere Napoleons durch eine Armee vereinigter europäischer Staaten geschlagen werden.

Nach der Niederlage Napoleons wurden in Wien die europäischen Verhältnisse neu geordnet, die aufgekeimten patriotischen Hoffnungen wurden aber enttäuscht. Die gewachsenen liberalen und nationalen Verfassungsbewegungen konnten jedoch in den folgenden Jahren nicht unterdrückt werden. In Deutschland kam es zu Volkserhebungen von bürgerlichen Intellektuellen. Das erste vom deutschen Volk gewählte Parlament trat in Frankfurt zusammen und beriet über eine zukünftige

Verfassung. Das Verfassungswerk scheiterte aber dann durch die noch immer bestehende Kraft der alten Herrscherdynastien, am Fehlen militärischer und finanzieller Macht und an administrativen Machtmitteln. Die auf dem Weg einer revolutionär-parlamentarischen Ordnung gescheiterte Reichsgründung verwirklichte Otto von Bismarck mit den Mitteln der Diplomatie und der militärischen Macht. Nachdem diese Entwicklung in England schon weit fortgeschritten war, nahm die politische, soziale und geistige Welt in Europa an Fahrt auf.

Der Schriftsteller unterbricht das Schreiben und geht gedankenverloren ans Fenster. Geschichte besagt, genau genommen, dass es so überliefert wurde, also passiert sein könnte. Welche Position nimmt da das überlegene Wissen eines Sammlers ein?

Er wird wohl kaum die Maßstäbe unserer Moral haben. Gut und schlecht, sind das für ihn unterscheidbare Möglichkeiten? Behalten für ihn die Künste ihre Geltung und ihren Reiz? Sie gehören sicher in so ein Archiv, denn auch sie haben die Menschheit geprägt und weiterentwickelt. Der Schriftsteller will gezielt nach ihnen suchen.

Archiv

Die Künste hatten schon vor dem Anfang des Archivs eine lange Tradition und vieles aus der Zeit davor hatte sich erhalten. Die hohe Zeit sakraler Bauwerke begann bereits vor der ersten Jahrtausendwende. Im Mittelalter war es vor allem die Kirchenkunst in Bauwerken und Bildern und sogar in der Musik. In den Klöstern stand die Buchmalerei in voller Blüte. Die Bauwerke der romanischen Baukunst wie der Dom zu Worms aus dem Anfang des 13ten Jahrhunderts wurden durch die Kunst der Gotik abgelöst. Mit der Baukunst entwickelte sich auch die Plastik, deren Skulpturen die Kirchen ausschmückten. In den Niederlanden kam zu Beginn der Renaissance die Malerei zur vollen Blüte, von Jan van Eyck über Rembrandt bis zu Hieronymus Bosch. Im Anfang des 15ten Jahrhundert waren es in Italien Fra Filippo Lippi, Leonardo da Vinci, Michelangelo und Rafael.

Die riesige Menge der im Archiv verzeichneten großen Meister ist nicht wiederzugeben. In Deutschland konnten sich unter anderem Hans Memling, Albrecht Dürer und Holbein von den Fesseln der gotischen Tradition *lösen. Die Kunst in dieser Zeit war aber noch weitgehend unpolitisch, politische Karikaturen entstanden erst im Zusammenhang mit revolutionären Entwicklungen.*

Der Schriftsteller macht eine Pause und hängt seinen Gedanken nach. Über Jahrhunderte hinweg ragten aus der Menschenmasse Gestalten mit hohen Idealen, großem Geschick und scharfem Verstand. Aber das Schicksal der Menschen wird gelenkt von Instinkten aus der Urzeit. Angst und Raffgier dominieren und bestimmen als Antipoden von Geist und Gestaltungswille den lauf der Geschichte. Der Schriftsteller hält inne und sieht in Gedanken das Kind, das er im Traum gesehen hat, er denkt an die großen wissenden Augen, wie kann ein zukünftiges Wesen diese

Widersprüche verstehen? Der Schriftsteller sagt sich, der Sammler ist so viel intelligenter als ich, vielleicht versteht er es auch besser. Er entschließt sich, dem geschichtlichen Teil des Archivs weiter zu folgen.

Archiv

Um die Jahrhundertwende entstand in Zentraleuropa ein immer dichter werdendes Netz von eisernen Schienensträngen, auf denen mit wachsender Geschwindigkeit Personen und Güter transportiert wurden. Die Erfindung der Dampfmaschine von Thomas Newcomen im vorangegangenem Jahrhundert, die er zunächst zur Wasserhebung in Bergwerken erdacht hatte, hatte Industrie und Verkehr revolutioniert. Mit der wachsenden Industrie entstand ein Sog in die

Städte. Neben dem vermögenden Bürgertum, das im Besitz des Produktionskapitals war, bildete sich die große Masse besitzloser Arbeiter. In der ersten Zeit der Industrialisierung entwickelte sich, was man einen „Raubtierkapitalismus" nennen könnte.

Unter den ungebildeten Arbeitermassen herrschte großes Elend. Die Löhne reichten nicht einmal zur Lebenserhaltung. In Englands Kohlebergwerken wurden in den engen Schächten kleine Kinder eingesetzt. Krankheit, Hunger und Gewalt herrschten in den engen Elendsquartieren.

Hinter dem Siegeszug der Technik und des Kapitals erhob sich bedrohlich eine soziale Schieflage. Intellektuelle in den Industrieländern begannen, sich mit dem Wirtschaftssystem und den Folgen für die Gesellschaft auseinanderzusetzen. Fabrikarbeiter schlossen sich zusammen im Protest gegen die unerträglichen Arbeits- und Lebensbedingungen. Die Radikaleren nannten sich Kommunisten. Zur Verbreitung dieser Ideen bildeten sich Komitees und politische Zirkel, die aber von der Obrigkeit verboten und verfolgt wurden. Der Staat stand auf der Seite des Finanzkapitals. Franz Marx übernahm aus der Philosophie Hegels den historischen Determinismus und verfasste zusammen mit dem Fabrikantensohn Friedrich Engels kritische Schriften über das Wirtschaftssystem und fertigte ein kommunistisches Manifest. Nach und nach fand die marxistische Doktrin in ganz Europa Anhänger. Allen marxistischen Appellen an die internationale Solidarität der Arbeiterklasse zum Trotz blieb aber die nationale

Gesinnung die mächtigste politische Triebkraft. Die Staaten Europas bekamen zunehmend den Charakter einer volksgebundenen Leistungs- und Kampfgemeinschaft, in dem sich die Staatsgemeinschaften vom jeweiligem Ausland abgrenzten. Noch zur Zeit Bismarcks bereiteten sich machtpolitische Umwälzungen und Konflikte vor, die von Prestigebedürfnis, Streben nach Absatzmärkten und Rohstoffquellen, Bevölkerungsdruck und religiösen Missionsideen gespeist wurden. Um sozialistische Bestrebungen zu dämpfen, brachte Fürst Bismarck mit bürgerlichen Parlamentariern eine Sozialgesetzgebung in Gang, die die Lebensgrundlagen der Industriegesellschaft humanisierte. Die Bewusstseinslage führender Schichten war von Stolz auf zivilisatorischen Fortschritt geprägt.

Fortschritte in der Humanmedizin, technische Neuerungen wie elektrisches Licht, Telefon und Automobil und sogar die Eroberung der Luft nährten den Fortschrittsglauben.

Es wuchs auch der Glaube an das Recht des Stärkeren in Weltpolitik und Wirtschaft, genährt durch ein falsches Verständnis von Darwins Thesen über den Kampf ums Dasein. In der Kunst und in den Naturwissenschaften bereiteten sich tiefgreifende Veränderungen vor, die in der Kunst mit Namen wie Wassily Kandinsky und Arnold Schönberg und in der Wissenschaft mit dem Wirken von Max Planck, Niels Bohr und Albert Einstein verbunden waren. In der Welt internationaler Politik bereiteten sich zunehmend Aggression und Krisenbewusstsein aus. Allianzverpflichtungen der Großmächte, Rüstung und

Mobilmachung bei gesteigertem Sicherheitsbedürfnis ließen Schlimmes erahnen. Kaiser Wilhelm II. hatte sein Amt mit dem Ehrgeiz selbst zu regieren angetreten. Als der machtgewohnte Reichsgründer Bismarck durch die Ambitionen des Kaisers zu Fall gekommen war, traten bei dem Mangel an ausdauerndem Arbeitswillen und Sachkenntnis des Kaisers im In- und Ausland Irritationen auf. Durch die Ambitionen des Kaisers zur Seefahrt und dem von ihm befohlenen Flottenausbau kam es mit England, das eine weit überlegene Flotte besaß, zu einem Wettrüsten. In Folge schloss sich England den bisherigen Erzrivalen Frankreich und Russland an. Deutschland fühlte sich eingekreist und sah sich auf den einzigen Bundesgenossen, die Donaumonarchie angewiesen. Im politischen

Denken deutscher Führungskreise nistete sich die Schreckensvision von einem „Endkampf zwischen Germanen, Slawen und Romanen" ein.

Als Österreich-Ungarn mit dem durch den russischen Zaren gestützten Serbien in Kriegshandlungen geriet, gab Deutschland Rückendeckung und ging das Risiko ein, in ganz Europa die Kriegslawine auszulösen. In der Auffassung, dass sich Deutschland in einem Verteidigungskrieg zu bewähren habe, stimmte das ganze Volk, auch die Sozialdemokraten, der kaiserlichen Kriegspolitik zu. In schweren Kämpfen konnten die Mittelmächte Deutschland. Österreich-Ungarn und Italien im Osten und Westen der Übermacht des gegnerischen Potenzials standhalten und kamen sogar zu Anfangserfolgen. Aus Materialschlachten entwickelte sich ein

Stellungskrieg mit hohen Verlusten auf beiden Seiten. Als auch die USA auf Seiten Frankreichs und England in den Krieg eintraten, wurde die Lage immer hoffnungsloser. In Russland kam es zu einer Revolution, in der nach Machtkämpfen die Bolschewisten an die Macht kamen, der Zar und seine Familie wurden ermordet. In Deutschland hungerte die Bevölkerung. Durch den kaiserlichen Befehl an die Hochseeflotte, die weit überlegene englische Flotte anzugreifen, kam es zu einer Meuterei von Matrosen und zur Gründung von revolutionären Zusammenschlüssen, zuerst in Hamburg, dann auch in anderen Großstädten.

Unter dem Eindruck der Ereignisse dankte der Kaiser ab. Die Führung der gemäßigten Sozialdemokraten erhielt mit Friedrich Ebert an der Spitze die Regierungsgewalt. *Deutschland wurde Republik, die mit einschneidenden Waffenstillstandsbedingungen die Kriegsniederlage bewältigen musste. Auf dem Boden einer parlamentarischen Demokratie mit privatkapitalistischer Wirtschaftsordnung entstanden durch zurückflutende Soldaten mit gekränktem Nationalgefühl bürgerkriegsähnliche Sozialspannungen, ökonomische Weltkrisen und eine Bedrohung durch revolutionäre kommunistische Bestrebungen. Außerdem litt Europa unter einer großen Arbeitslosigkeit.*

Der Schriftsteller wird durch die Ankunft eines lieben Besuches unterbrochen. Das junge Ehepaar hat seine Flitterwochen in Griechenland abbrechen müssen, starke Waldbrände hatten die Hotelanlage bedroht, die

Hotelgäste mussten mit Helikoptern ausgeflogen werden. Gernot möchte nun mit seinem Großvater Zukunftspläne besprechen. Beide Eheleute wollen zunächst ihre berufliche Karriere nicht aufgeben. Leider arbeitet die junge Ehefrau in einer Rechtsanwaltsfirma in Berlin und Gernot arbeitet an seiner Doktorarbeit in Göttingen. Sie würden sich längere Zeit mit einer Wochenendehe behelfen müssen. Das junge Paar hat ein Kuchenpaket mitgebracht. Gernot und seine junge Frau machen dem Senior keine Umstände, sie bereiten Kaffee zu und decken den Tisch. Bevor sie sich verabschieden, reinigen sie noch das Geschirr, der Schriftsteller kann ohne Mühe gleich wieder seine Arbeit am PC fortsetzen.

Archiv

*Die durch Inflation und Arbeitslosig-
keit bedrohten Werktätigen waren
kommunistischer Agitation sowie den
Parolen faschistischer Volkstribunen
und ihrer militanten radikal hinge-
bungsbereiten Gefolgschaft ausgesetzt. Für Anhänger Kapps, Luden-
dorffs und Hitlers waren die Politiker
der Weimarer Koalition nur Erfül-
lungsgehilfen der Siegermächte. Die
Rede von einem Dolchstoß in den Rücken der ungeschlagenen Armee
machte die Runde. Die mit den Namen Stresemann und Briand verbundenen Hoffnungen auf friedlichen
Ausgleich und europäische Zusam-
menarbeit wurden zunichte gemacht.
In den Fragen einer allgemeinen Ab-
rüstung waren nationale Hegemonie-
bestrebungen und Souveränitätsan-
sprüche stärker als der Wunsch nach*

Frieden im Geiste des Völkerbundes. Im Zuge der 1923 ins bodenlose stürzenden Inflation gelang es der Regierung des Reichskanzlers Stresemann, durch Einführung der Rentenmark die deutsche Währung zu stabilisieren. Im Todesjahr Stresemanns endete eine kurze Periode außenpolitischer Klimaverbesserungen und wirtschaftlichen Aufschwungs.

Im Jahr 1930 sah sich die Regierung von Sozialdemokraten, Liberalen und Politikern des Zentrums äußerst schweren Bedingungen gegenüber. Die Fundamentalopposition von rechts und links sowie der wachsende Vertrauensschwund im Volk stellten die noch nicht gefestigte Republik vor kaum lösbare Probleme. Nur mit Hilfe der dem Parlamentarismus reserviert gegenüber stehenden Reichswehr konnten Parteien der linken Mitte die

Republik durch die Gefahren dieser Jahre steuern. Einer Parlamentskrise folgte eine Präsidialregierung. Der populäre General Hindenburg wurde Staatsoberhaupt.

In den Straßen lieferten sich paramilitärische Kampforganisationen, die SA Hitlers und der Rotfront-Kämpferbund blutige Schlachten. In den Augen der braunen und roten Fanatiker waren Polizei und Reichsbanner (die republikanische Miliz) gemeinsame Feinde im Bürgerkrieg. 1933 sah sich der greise Reichspräsident gezwungen, den gescheiterten Künstler und Gefreiten des Weltkrieges Adolf Hitler in das Kanzleramt zu berufen. Bürgerliche Kreise glaubten, Hitler kontrollieren zu können, was sich aber rasch als Irrtum erwies, als die Nationalsozialisten die Macht ergriffen und alle Opposition ausschalteten. Binnen weniger Monate wurden alle nicht-nationalsozialistischen Organisationen gleichgeschaltet oder aufgelöst. In den beiden Jahrzehnten nach dem Weltkrieg scheiterten pluralistische Demokratien nicht nur in den Mittelmeerländern Italien, Spanien und Griechenland und in Balkanstaaten wie Jugoslawien, Bulgarien und Rumänien, sondern auch im Baltikum und in Polen. Überall kamen autoritäre oder diktatorische Regime zur Macht. Machtlos schaute der nach dem Krieg gegründete Genfer Völkerbund zu, als in den spanischen Bürgerkriegswirren das kommunistische Russland, die westlichen Demokratien und faschistlschen Mächte Spanien zu einem Kriegsschauplatz machten. Die Truppen Hitlerdeutschland leisteten dort einen nicht unwesentlichen Beitrag. Trotz Aufrüstung, einer sehr bedenklichen Weltanschauung und des Rassenwahns verhielten sich die westlichen Demokratien zunächst abwartend in der Hoffnung, in Deutschland, das den Kommunismus im Lande brutal ausgelöscht hatte, ein Bollwerk gegen die von der erstarkten Sowjetunion noch immer geplante kommunistische Weltrevolution zu haben. Die jüdische Bevölkerung in Deutschland wurde diskriminiert und Repressalien ausgesetzt. Jüdische Gemeinschaften lebten als Minderheiten verstreut in ganz Europa. Innerhalb einer Mehrheit lebten sie unter einem stetigen Bewährungsdruck. Dadurch waren sie unter der Intelligenz überproportional vertreten. Der Rassenwahn der Nationalisten grenzte alle Juden und Judenstämmige aus und schürte Hass. Im November 1938 zogen organisierte Schlägertruppen der SA und anderer Naziorganisationen durch die Städte, zertrümmerten Fenster jüdischer Geschäfte, zogen Juden aus den Häusern auf die Straße, prügelten und demütigten sie und brannten schließlich die Synagogen nieder. Ein Teil der Bevölkerung schaute ängstlich hinter den Gardinen zu. Auch bei Rassenhetze setzte Gewöhnung ein, denn als später Juden, Frauen, Kinder und Männer zusammengetrieben wurden, um in Lager transportiert zu werden, sah kaum noch jemand hin. Das Ärgste aber, dass in den Lagern Frauen und Kinder täglich zu Tausenden ermordet wurden, konnten sich weder die Opfer noch die Bevölkerung vorstellen. Der Massenmord auch an Menschen mit Behinderung blieb bis zum

Ende des Krieges ein behütetes Geheimnis.

Als die Anfeindungen begannen, wanderten viele aus, die es sich leisten konnte. Die Mehrzahl ahnte nicht, wozu die Nazis fähig sein könnten. Die Ärmeren, und das waren die meisten, konnten es sich nicht leisten, das Land zu verlassen. Ein Teil der Auswanderer ging in die USA, ein Teil ging in ihr altes Stammland Palästina, das unter englischer Verwaltung stand.

Skrupellose Machtpolitik machte die Beschwichtigungs- und Verständigungspolitik des Westens zunichte, Österreich wurde gegen Vertragsbedingungen wieder mit Deutschland vereinigt und das Sudetenland in Besitz genommen.

Nach einem überraschenden Pakt zwischen Hitler und Stalin überfiel Deutschland Polen. Daraufhin erklärten England und Frankreich, mit Polen vertraglich verbunden, Deutschland den Krieg. Durch Hitler ausgelöst entstand wieder ein neuer Weltkrieg. Die deutschen Truppen eroberten große Teile Europas. 1941 befahl der deutsche Diktator, unter Missachtung des Nichtangriffspakts in die Sowjetunion einzufallen.

Im Dezember 1941 griffen die mit Deutschland verbündeten Japaner die amerikanische Flotte im Hafen von Pearl Harbor an. Deutschland und Italien erklärten nun auch den USA den Krieg.

Unter heftigem Widerstand der Roten Armee drangen deutsche Truppen bis zum Kaukasus und bis zur Wolga bei Stalingrad vor. Die deutsche SS verbreitete im eroberten Hinterland Gräueltaten, sie beging millionenfache Massenmorde und verschleppte Zivilisten zu Zwangsarbeiten nach Deutschland.

Stalingrad wurde zu einem Schicksalspunkt der Invasionsarmee. Die Stadt widerstand dem deutschen Vernichtungspotential, eine ganze Armee der Deutschen wurde von der Roten Armee eingekesselt, die von den USA mit Waffen und Munition versorgt wurde, teils vernichtet und teils gefangen genommen. Für die überlebenden deutschen Soldaten begann ein verlustreicher Rückzug im russischem Winter.

Nachdem Deutschland Großbritanniens Städte erst mit Flugzeugen, dann mit Raketen bombardiert hatte, wurden deutsche Städte durch Massenbombardements der englischen und

amerikanischen Fluggeschwader angegriffen und zerstört.

Aktiver Widerstand im Krieg war für
Soldaten kaum möglich. Ein von kon-
servativen Offizieren, Beamten und
Politikern der alten Elite Deutschlands, denen die Verbrechen der Führung zur Kenntnis kamen, gewagter
Putschversuch misslang. Hitler, dem
das Attentat galt, nahm grausame
Rache nicht nur an Beteiligten und
Mitwissern, sondern auch an deren
Familien. In den letzten Monaten des
Krieges war Hitler zunehmend ge-
sundheitlich angeschlagen und be-
schäftigte sich fast nur noch mit seinen gigantischen Bauplänen. Hinter
seinem Rücken kämpften die SS, der
Geheimdienst und die Wehrmacht
um die Macht im Staat. Aber keiner
wagte,   den   oft   widersinnigen

Befehlen des sogenannten Führers zu widersprechen.

Dem Schriftsteller ist es unbehaglich geworden. Er lehnt sich zurück und seine Hände sinken in den Schoß. Erinnerungen aus der Kindheit steigen auf. Die Bombenangriffe, die Angst in dem überfüllten Bunker, die Ruinen und Trümmer, die verstümmelten Leichen zwischen Balken und Mauerresten. Dann die Angst der Frauen vor den Soldaten der Roten Armee. Er hatte das als Kind nicht verstehen können, er merkte nur, dass etwas Schreckliches damit verbunden war. Später der Hunger und das Warten auf den Vater, der aber nie mehr heimkam. Mühsam erhebt sich der Schriftsteller, heute wird ihm das Schreiben zu viel. Er lässt einen Tag verstreichen, bevor er sich wieder vor die Tastatur setzt.

Archiv

Die Verbände der westlichen Alliierten kamen vom Süden und aus dem Norden Frankreichs immer näher an das deutsche Staatsgebiet, vom Osten rückte die Rote Armee heran. Viele Deutsche aus den deutschen Ostgebieten flüchteten nach Westen. Es wurde sehr viel von einer Wunderwaffe gesprochen, die den Krieg noch wenden würde. Die westlichen Alliierten befürchteten, dass es deutschen Wissenschaftlern gelingen könnte, die Kernspaltung zu verwenden, um eine Atombombe zu bauen. In den USA ging man mit der großen industriellen Kapazität an dieses Projekt heran.

Dann verbreitete der deutsche Rundfunk, der Führer wäre im heldenhaften Kampf um Berlin gefallen. Eine Propagandameldung mit einem wahren Kern. Hitler war tot, er hatte im Führerbunker Suizid verübt.

Die USA hatten Atombomben gebaut, die nun nicht mehr in Deutschland zum Einsatz kommen mussten. Um den Krieg mit Japan zu beenden, brachten die USA die beiden Atombomben über zwei japanischen Großstädten zur Explosion. Die Wirkung war verheerend, viele Hunderttausend Menschen starben im atomaren Feuer und viele überlebten kürzere Zeiten mit Strahlenschäden. Japan kapitulierte, aber dieser Bombenabwurf war ein weiterer schwerer Sündenfall, der wie der Völkermord der Nazis tief in das Gewissen der gesamten Menschheit eingeschrieben ist.

In dem zerstörten Deutschland wurden die amerikanischen und englischen Truppen überwiegend mit Erleichterung begrüßt. Nach der Kapitulation Deutschlands wurde das Land in vier Besatzungszonen geteilt. Der Diktator der Sowjetunion Stalin hielt sich nicht an die mit den Alliierten getroffenen Abmachungen und baute ganz Osteuropa mit dem von ihm besetzten Teil Deutschlands in seinen Machtbereich ein. Zwischen den USA mit seinen Verbündeten und der Sowjetunion schaukelten sich Spannungen auf.

Nach dem Krieg gingen viele Juden, welche die Vernichtungslager überlebt hatten, nach Palästina, um beim Aufbau eines jüdischen Staates zu helfen. Die Engländer gerieten in Schwierigkeiten mit der ansässigen arabischstämmigen Bevölkerung und versuchten, die Einwanderung zu begrenzen. Als die Engländer sich aus ihrer Verantwortung zurückzogen, gründeten die Juden den Staat Israel, der aber bereits am Folgetag von Palästinensern und den umliegenden arabischen Staaten angegriffen wurde. In diesem Krieg siegten die Israelis und weiteten ihr Siedlungsgebiet aus. Wegen der Besiedlung des Gebietes durch Israel und als Folge des Krieges verloren ansässige Palästinenser ihre Heimat. In den umliegenden arabischen Staaten bildeten sich Lager der Vertriebenen. So war Israel umringt von Hass, der dazu führte, dass immer wieder Attentäter aufbrachen, um Juden zu vernichten.

In Deutschland vereinigten die Westmächte ihre Besatzungssektoren und unterstützten die Bildung einer parlamentarischen deutschen

Bundesregierung. Bonn wurde die Regierungshauptstadt. In der russisch besetzten Zone bildete sich die Deutsche Demokratische Republik mit einer sozialistischen Einheitsregierung.

Der Sowjetunion war es gelungen, eigene Atombomben zu bauen. Mit dem Bedrohungspotential nahmen die Spannungen zwischen Ost und West zu. Durch amerikanische Wirtschaftshilfen kam der Wiederaufbau in der Bundesrepublik gut voran, eine neue Währung wurde eingeführt und die Wirtschaft blühte auf. Das Leben begann sich zu normalisieren und die Bevölkerung kam zu einem steigenden Wohlstand. Das war im Osten Deutschlands, in der DDR, nicht der Fall und viele Menschen flüchteten über die Grenze aus der DDR in die Bundesrepublik. Die DDR entwickelte sich zu einem Überwachungsstaat und sah sich gezwungen, die Grenze zwischen Ost und West zu befestigen. Mitten durch die ehemalige Hauptstadt Berlin, die auch geteilt war, wurde eine Mauer gebaut.

In China hatte eine Revolution stattgefunden, die kommunistischen Truppen siegten und vertrieben die ehemalige Regierungstruppen, die auf die Insel Taiwan sowie mehrere kleine Inseln flüchteten und dort einen eigenen Staat bildeten.

In den Jahren des wirtschaftlichen Aufstiegs regten sich in den westlichen Staaten Bestrebungen, nun endlich den alten Traum von einem vereinten Europa zu verwirklichen. 1946 wurde ein Grundsatzprogramm zum Aufbau einer Europäischen Gemeinschaft auf föderativer Basis beschlossen. 1949 unterzeichneten zehn europäische Regierungen die Statuten. Als

Zentrum wurde Straßburg gewählt, von dem in Folgezeit geistig-politische Anstöße ausgingen. Der erste Kanzler der Bundesrepublik Konrad Adenauer ging mit großer Entschiedenheit auf den europäischen Einigungsgedanken ein. Er schlug eine politische Union zwischen Frankreich und der Bundesrepublik Deutschland als Grundstein für ein vereinigtes Europa vor. Als ersten Schritt kam es zu einer Europäischen Gemeinschaft für Kohle und Stahl, der sogenannten Montanunion. Im weiteren Fortgang der europäischen Einigung konnte nationaler Eigennutz nur schwer überwunden werden und es entstand eine konföderativ-staatenbundähnliche Konstruktion. Der im Westen ablaufende Prozess wirtschaftlicher Integration wurde im militärisch-strategischem Bereich von den USA durch den

Aufbau des Nordatlantikpaktes abgesichert.

Oft ist der Schriftsteller nah daran, sein Schreiben ganz abzubrechen. Obwohl ihm stetig bewusst ist, dass es sich um ein imaginäres Archiv handelt, ist er doch überzeugt, dass in einem solchen Archiv viel mehr stehen muss. Er weiß, dass er nur in der Lage ist, einen Bruchteil dessen wiederzugeben, was eingetragen sein müsste. Er spricht in Gedanken mit dem von ihm ausgedachten Sammler und sagt zu ihm, er hätte sich einen schlechten Vermittler ausgesucht. Nach Phasen des Zweifels kommt zu dem Schriftsteller aber immer wieder der Arbeitseifer zurück, Schreiben ist nun einmal sein Leben.

Archiv

Die auf Stalins Tod und Chruschtschows sogenannte Entstalinisierungskampagne gesetzten Hoffnungen wurden bitter enttäuscht. 1953 schlugen sowjetische Panzer einen Volksaufstand in der DDR nieder und 1956 einen Volksaufstand in Ungarn. Aus Furcht vor einem neuen Weltkrieg und in Anbetracht der atomaren Gefahr blieben Hilferufe ungehört. Stattdessen ging das Wettrüsten auf beiden Seiten weiter. Die USA wurden in Kriegshandlungen in Korea und später in Vietnam verwickelt und mussten sich unter vielen Opfern zurückziehen, ohne die Gebiete befrieden zu können. In Nordvietnam entstand ein Gegner der USA, der sich mit Hilfe Russlands ein Atomwaffenpotential aufbaute.

Unter den westlichen Intellektuellen und bei der studentischen Jugend führten Gefühle des Überdrusses an der Konsumgesellschaft zu Demonstrationen und dann auch zu Terrorakten. Die im Untergrund gebildete Rote Armee Fraktion (RAF) beging Entführungen und Morde.

Die Sowjetunion zerbrach unter den wirtschaftlichen Belastungen des Wettrüstens. Unter dem neuen Machthaber Gorbatschow begannen eine politische Umgestaltung und eine Entspannungsperiode, die es ermöglichten, die beiden deutschen Staaten ohne Waffen wieder zu vereinigen. Eingeleitet wurde diese Wiedervereinigung durch einen friedlichen Aufstand der DDR-Bürger.

Staaten des ehemaligen Ostblocks, Mitglieder des Warschauer Paktes, dem sowjetischen Militärbündnis, die *unter russischer Bevormundung standen, und freigesetzte Teilstaaten der ehemaligen Sowjetunion waren bestrebt, ihre Souveränität zu sichern und der Nato beizutreten. In Russland wurde der reformfreundliche Gorbatschow zum Rücktritt gezwungen. Die ehemalige kommunistische Planwirtschaft wurde durch eine kapitalistische Wirtschaftsordnung unter einer autoritären Präsidentialdemokratie ersetzt.*

Der Schriftsteller hält inne, eine Präsidentialdemokratie? Was ist eine Demokratie ohne Gewaltenteilung noch wert? Diese Mogelpackung gibt es schon in mehreren Ländern. Die Staatsbürger dürfen wählen, aber sie bekommen keine Alternativen. Jede Opposition wird unterdrückt und Kritik wird von gleichgeschalteten Gerichten streng bestraft. Bedrückt kehrt der Schriftteller wieder zu seiner Geschichte zurück.

Archiv

Aus gesundheitlichen Gründen ging das Präsidentenamt an ein junges ehemaliges Mitglied des Geheimdienstes über. Im Jahr 2001 hielt der neue russische Präsident Putin im deutschen Bundestag eine Rede, für die er viel Applaus erntete. Er sprach von einem Großeuropa, der Beteiligung der russischen Regierung an einer Friedensordnung und der Verwirklichung einer freiheitlichen Demokratie mit Einbindung des russischen Reiches in die europäische Wirtschaftsordnung. In der Folgezeit handelte er aber gegensätzlich, er befestigte seine Macht und im Gegensatz zu seinen Beteuerungen über eine friedlichen Koexistenz begann er, sein Staatsgebiet wieder auszudehnen, und führte grausame Kriege mit ehemaligen Teilstaaten der Sowjetunion. Oppositionelle kamen unter merkwürdigen Umständen ums Leben, sie wurden erschossen, vergiftet oder verunglückten. Bei Äußerungen gegen Regierungsmaßnahmen wurden drastische Strafen verhängt. Als Putin die Krim überfiel und sie der Ukraine entriss, schauten westliche Staaten hilflos zu. Selbst als er sich dann auch noch östliche Landesteile der Ukraine einverleibte, kam es lediglich zu diplomatischen Versuchen des Westens, den Frieden zu erhalten. In den östlichen Grenzregionen kam es zu Grenzgefechten zwischen der ukrainischen Armee und russlandhörigen Ukrainern. Die russische Regierung hatte beim Zerfall der

Sowjetunion die Atomwaffen der Ukrainer übernommen und dafür die Unverletzbarkeit ukrainischen Gebietes garantiert. Als dann die Ukraine versuchte, der Nato beizutreten, marschierten russische Truppen in die Ukraine ein unter dem Vorwand, sie müssten die Ukrainer von Nazis befreien. Die ersten Angriffe Richtung der Hauptstadt konnten zurückgeschlagen werden. Aber dann begann ein Kampf um die östlichen Gebiete und Russland beschoss das ganze Land mit Raketen und zerbombte die Infrastruktur. Ein jahrelanger Krieg begann. Die westlichen Staaten leiteten Sanktionen gegen Russland ein und lieferten der Ukraine Waffen und Munition.

Neben diesen selbstgemachten Krisen forderte eine Pandemie viele tausend Tote. In China wurde über ganze

Großstädte ein striktes Ausgehverbot verhängt, was in einer Diktatur auch zu bewerkstelligen ist. In Europa erregten viel moderatere Maßnahmen den Widerstand von Bevölkerungsgruppen. Im Internet grassierten Fakenews und Verschwörungserzählungen und sogar das Tragen von Gesichtsmasken wurde abgelehnt. Als es im Eiltempo gelang, ein Vakzin zur Impfung zu entwickeln, demonstrieren militante Impfgegner. Der gesamte gesellschaftliche Ton wurde rauer. Extremisten gelang es, vom Rande der Gesellschaft weiter zur Mitte vorzudringen. Faschistische Gesinnung war kein Randproblem mehr, sondern drang bis in die Parlamente vor. Im freien Westen bekamen die „einfachen Lösungen" von Populisten Auftrieb. Demokratie war nun nicht mehr selbstverständlich, sondern musste verteidigt werden.

In dieser Zeit überfielen militante Pa- lästinenser der Hamas aus dem Gaza- Streifen heraus das israelische Grenz- gebiet. Sie vergewaltigten und er- morden über Tausend nichtsahnende Zivilisten. Beim Rückzug nach Gaza nahmen sie über 200 Geiseln. Die is- raelische Armee griff Gaza-Stadt mit Bomben an, dann rückte sie in den Gaza-Streifen ein und richtete große Zerstörung an. Die Terroristen der Hamas waren schwer zu finden, sie hatten tiefe Tunnel gegraben, in de- nen sie mit den Geiseln guten Schutz fanden. Die Zivilisten flohen vor den Kampfhandlungen und verharrten im Küstenstreifen unter verheerenden Bedingungen, teilweise waren sie von jeder Versorgung abgeschnitten. Wehrlose Menschen wurden Opfer der Kampfhandlungen, denn die Hamas verbarg sich in Krankenhäusern und öffentlichen Einrichtungen. Durch das Leiden der palästinensischen Zivilbevölkerung entstand ein Wandel der öffentlichen Beurteilung. Alte antisemitische Vorurteile wurden wach.

Es fällt dem Schriftsteller schwer weiterzuarbeiten. Er weiß, er steht jetzt an der Schwelle, an der seine Vergangenheit aufhört und in die Vergangenheit des Sammlers übergeht. Aber der Sammler ist nur sein Phantasiegebilde. Es liegt nun an dem Schriftsteller selbst, aus den unzähligen Möglichkeiten, die vor ihm liegen, Erlebnisse eines Sammlers zu extrahieren. Ihm scheint, dass zukünftige Möglichkeiten zwar auf Vergangenem aufgebaut sind, aber wohl auch der Chaostheorie gehorchen. Doch das, was in dem imaginären Archiv des Sammlers über diesen Abschnitt verzeichnet ist, wo seine Zukunft anfängt, und das, was für den Sammler Geschichte ist, das ist das eigentliche Ziel, das der Schriftsteller im Auge hat. Es dauert fast eine Woche, bis er sich entschließt, weiterzumachen und für den Sammler seinen PC wieder zu starten.

Archiv

In Israel wurde auf Druck der ausländischen Staaten und durch den Widerstand im Innern die Regierung aufgelöst. Die neugegründete Regierung handelte einen Waffenstillstand aus und willigte in die Bildung eines palästinensischen Staates ein. In der palästinensischen Bevölkerung kam es zu vom Irak geschürten Machtkämpfen. Orthodoxe Juden besetzten den Tempelberg in Jerusalem. Nun kam es wieder zu Kampfhandlungen zwischen Muslimen und Israelis. Heftige Unwetter beendeten die Kämpfe. Das ganze Jordantal wurde überflutet, in Jerusalem stand das Wasser stellenweise mehr als zwei Meter hoch. In Teilen des Landes war die Verbindung unterbrochen. Hilfsmaßnahmen aus aller Welt liefen an.

Die klimaneutrale Energieproduktion hatte große Fortschritte gemacht. Die arabischen Staaten, die ihren Reichtum dem Erdöl verdanken, waren zu den weltgrößten Produzenten von Wasserstoff aufgestiegen und beherrschten dank ihres Reichtums auch die Wasserstoffproduktion in Afrika. Obwohl die CO_2 Freisetzung

gestoppt wurde, schritt die Klimaver-
änderung weiter fort. Teile Afrikas,
Indiens, Südamerikas und Australiens
waren unbewohnbar geworden. Über
9 Milliarden Menschen lebten gegen
die Natur, erhofften sich ein Heil in
der technischen Umgestaltung und
kamen mit unsinniger Produktivkraft
ihrer eigenen Vernichtung immer näher.

Zu vergleichen wäre das mit einer un-
einsichtigen Person, die im Treibsand
versinkt und durch ihr Strampeln sich
immer tiefer in den Sand eingräbt.

In wenigen Jahrzehnten des technischen Zeitalters waren weit mehr als
die Hälfte aller irdischen Lebensarten
ausgestorben und das Netz der Lebensgrundlagen und gegenseitigen
Abhängigkeiten war löcherig geworden. Die Produktion synthetischer
Stoffe stieg noch immer. In den

Weltmeeren bildeten sich große Strudel mit Plastik, bald würde die See mehr Plastik enthalten als Fische. Das durch Abbau entstandene Mikroplastik konnte schon überall in Mensch und Tier, in Pflanzen und im Trinkwasser nachgewiesen werden. Dem Ruf nach Reduzierung der Plastikproduktion stand der Bedarf der Industrie nach synthetischem Ausgangsmaterial entgegen.

Der Nationalismus hatte sich in einer langen Geschichte tief eingewurzelt. Staaten mit Außengrenzen waren davon stark betroffen, aber auch Binnenstaaten tendierten dazu sich abzuriegeln und wollten die Kontrolle über ihre Grenzen nicht abgeben. Die Hauptlast der klimatischen Veränderungen betraf den afrikanischen Kontinent, Südamerika und Indien. Die Existenznot in Afrika schwappte auf

Europa über, während Südamerika durch die Abgrenzungspolitik der USA in Chaos versank. Die Menschen hatten nur noch Überlebenschancen in den Höhenlagen der Anden, wo für die Massen der Klimaflüchtlinge nicht genügend Kapazitäten der Nahrungsproduktion zur Verfügung standen. Marodierende Banden kämpften um die Macht, ausgerüstet mit Waffen von skrupellosen amerikanischen Waffenproduzenten. In den nordamerikanischen Staaten kämpften rechtsradikale nationalistische Kräfte und religiöse Gruppen mit Anhängern der traditionellen Demokratie um die Macht. Der Zusammenhalt der einzelnen Staaten begann zu zerfallen, südliche Staaten erklärten ihre Unabhängigkeit und der Norden hatte nicht die militärischen Mittel, die staatliche Einheit durchzusetzen. Viele

Amerikaner aus den Städten im Norden waren nach Kanada ausgewandert. Kanada wurde zur Zuflucht amerikanischer Demokraten.

Die Umweltbedingungen änderten sich noch immer in einem Tempo, dem die Anpassungsmöglichkeiten lebender Systeme nicht folgen konnten. Die Menschen konnten einer immer feindlicher werdenden Umwelt nur durch großen Aufwand an Technik und auch nur für kürzere Zeiträume ausweichen. Sie gruben sich das eigene Grab. Ohne einen Ausweg zu finden, folgte dem großen Artensterben ein langsames Sterben der Menschheit. Es stand schlimm um die Menschheit, aber so sehr die Umwelt auch schon geschädigt war, auf Besitz und die vielen Güter, die sie sich angehäuft hatten, wollten oder konnten sie nicht verzichten. Noch war in ihrem Bewusstsein, dass die Bedeutung eines Menschen abhängig ist von dem, was er besitzt. Dieser Umstand regelte sich aber von selbst. Das Kapital fand keine Absatzmöglichkeiten mehr, die Märkte waren gesättigt, und Geld wurde unnütz. Das war aber nur eine zusätzliche Katastrophe. Die sozialen Unterschiede waren zwar aufgehoben, aber es gab keine Arbeit mehr, die ganze Weltwirtschaft war zusammengefallen. Menschen waren an lohnabhängige Arbeit gewöhnt. Not und Elend vergrößerten sich weltweit, der steigende Meeresspiegel holte sich Besiedlungsgebiete. Andere Gegenden litten unter Wüstenbildung. Selbst die Nahrungsmittelproduktion konnte nicht mehr in genügendem Maße aufrecht erhalten werden, Hunger und Gewalt waren die Folgen. Die

Menschen waren nicht nur von ihren Lebensgrundlagen abgeschnitten, sie waren auch orientierungslos. Das bedeutete nicht, dass die kriegerischen Auseinandersetzungen dadurch gedämpft oder eingestellt wurden.

In Weißrussland hatte die Armee geputscht, den Machthaber entmachtet und die russischen Soldaten im Land gefangen genommen. Durch den Ukrainekrieg, der erst nach Verhandlungen eingestellt wurde, aber immer wieder aufflackerte, war Russland nicht fähig militärisch einzugreifen und willigte erneut in Friedensverhandlungen mit der Ukraine ein, selbst wenn die Ukraine nun endgültig der NATO beitrat.

Die vor zwei Jahrzehnten entwickelten künstlichen neuronalen Netzwerke durchdrangen als „künstliche Intelligenz" immer mehr die

Gesellschaft. Die Entscheidungsbefugnis auf vielen Gebieten begann, den Menschen zu entgleiten, da sie die Komplexität der Entscheidungen oft nicht mehr kontrollieren konnten. Sehr langsam wurde vor allem durch Analysen der KI allgemein bewusst, dass der Wohlstand, das heißt die Massenproduktion von nicht unbedingt benötigten Produkten, die wahre Ursache der Umweltzerstörung war. Die Pyramide der menschlichen Macht geriet ins Wanken, denn sie war auf der ungleichen Verteilung irdischer Güter aufgebaut. Auch die Verteilung der Siedlungsräume bereitete immer mehr Probleme, es wurde deutlich, dass der irrationale Rassismus fortschritt.

Die Territorialkriege waren abgeebbt. Nun herrschten Mangel und Nahrungsknappheit in den übervölkerten

Gebieten. Der einzige Ausweg war, der KI die Produktion unverzichtbarer Güter organisieren zu überlassen. Nahrungsmittelproduktion und die Verteilung von Energie und Trinkwasser regelten nun digitale Systeme. Sie leiteten auch gegen menschliche Widerstände eine umfassende Reorganisation und Umverteilung des menschlichen Wohnraums ein. Der Wohnraum wurde pro Kopf auf 20 Quadratmeter begrenzt, überflüssige Wohneinheiten wurden abgerissen.

Es war gelungen, die Bahn eines Asteroiden mit einem Durchmesser von etwa einhundert Metern, der im Begriff stand, in die Umlaufbahn der Erde einzudringen, durch gezielten Beschuss abzulenken.

Indien und China wurden von großem Wassermangel heimgesucht. Da alle Gletscher abgeschmolzen waren, kam kein Nachschub von Trinkwasser aus den Bergen. Der Monsun hatte sich verlagert und der benötigte Regen war ausgeblieben. Menschen und Tiere starben unter einer erbarmungslosen Sonne.

Im hohen Norden der Erdkugel waren die Permafrostböden aufgetaut und das freigesetzte Methan befeuerte die Klimaerwärmung, Berghänge wurden instabil und große Moorflächen entstanden. Sibirien verwandelte sich in ein von großen Mooren durchzogenes Pflanzenparadies. Der Weltsicherheitsrat hatte mit Zustimmung Russlands beschlossen, Ströme von Klimaflüchtlingen aus Indien und China dort anzusiedeln.

Bei den komprimierten Gesellschaften in den noch bewohnbaren Zonen verloren Nationen ihre Bindungskraft. Kriegerische

Auseinandersetzungen mit Mord und Gewalt wurden kleinräumig. Ein neues großes Problem wurde die Bandenbildung, die sich moderner technischen Möglichkeiten bediente.

Morgens hat der Schriftsteller Schmerzen im rechten Arm. Als er sich trotzdem an den PC setzt, bekommt er einen Schwächeanfall und kann eben noch seine Haushaltshilfe benachrichtigen. Die von ihr verständigten Notfallmediziner bringen den alten Mann sofort in eine Klinik. Zwei Herzkranzgefäße müssen erweitert und Stents eingesetzt werden. In Anbetracht seines Alters wird er zehn Tage in der Klinik überwacht. Daheim kümmern sich dann seine Kinder um ihn. Sie sorgen dafür, dass er sich nicht gleich wieder ans Schreiben macht. Kaum ist er wieder allein, schon setzt er sich an sein Schreibgerät und führt seine Arbeit fort.

Archiv

In der breiten Masse der Bevölkerung breitete sich Lethargie als Massenphänomen aus. Die Menschen hielten sich vorwiegend in den imaginären Räumen des Internets auf und verloren die körperliche Antriebskraft. Sie verließen ihre Unterkünfte kaum. Ein dauerhafter Konsum der Unterhaltungsindustrie bestimmte ihre Tage. Am öffentlichen Leben zeigten sie kein Interesse. Suizide waren ein Massenphänomen geworden.

Es wurden kaum noch Kinder geboren. Die Bevölkerungspyramide stand auf dem Kopf, unten kam kein Nachwuchs und oben bildete sich ein großes Plateau. Die große Suizidrate veränderte dieses Bild nicht, denn das betraf mehr die mittleren als die älteren Jahrgänge. Die Kranken- und Altenpflege konnten fast nur noch von Robotern ausgeführt werden.

Es gab schon weit zurück in der Vergangenheit künstliche Organe. Sie dienten in der Medizin als notdürftiger Ersatz für ausgefallene Körperteile. Dieser Organersatz wurde immer besser, besonders als die KI daran mitarbeitete. Nun waren die Produkte auf dem Stand, dass die künstlich hergestellten Organe die natürlichen in Funktion und Haltbarkeit übertrafen. Da sie bei Fehlfunktionen auch risikolos ausgetauscht werden konnten, waren sie zu begehrten Alternativen geworden. Selbst im Blut konnte die Fähigkeit zur Sauerstoffaufnahme gesteigert werden. Medikamente wurden überwiegend durch

Nanoroboter an die Wirkstätte getragen, was half, Nebenwirkungen fast ganz zu begrenzen.

Versuche reichten schon sehr viele Jahre zurück. Es war ein Traum, menschliche Gehirne direkt mit künstlichen neuronalen Netzwerken zu verbinden. Nun war es gelungen! Bisher scheiterte das immer daran, Gehirnaktivitäten mit genügender Trennschärfe abzuleiten, das gelang nur mit der Aktivität großer Areale. Nun wurde mit verschränkten Effekten gearbeitet. Man spiegelte ein Gehirn. In dem gespiegelten Gehirn liefen dieselben Aktivitäten, die man entzerren und von dem neuronalen Netzwerk auslesen lassen konnte. Dieser Vorgang war auch in die Gegenrichtung möglich. In das gespiegelte Abbild des Gehirns eingespeiste Informationen erreichten ohne Zeitverzug das

Ausgangsgehirn. Das wurde die Zukunft, die Menschen verschmolzen mit der Technik. Die geistigen Möglichkeiten konnten nicht mehr von den von ihnen geschaffenen Apparaten übertroffen werden, in den Menschen wurden menschlicher Geist und menschliche Technik vereint.

Der Schriftsteller beginnt zu träumen, müsste das nicht ein Ende alles Menschlichen sein? Wo blieben dann Liebe, Hass und Hoffnung, wo blieben Zweifel und Irrtümer und die vielen Unzulänglichkeiten, die mit der menschlichen Existenz verbunden sind? Wo bliebe die Hoffnung auf einen Tod, der die Liebe zum Leben erhält? Ihn durchfährt ein schrecklicher Gedanke, ist es nicht er selbst, der mit dem Sammler dieses Schreckensbild geschaffen hat? Sinnend schaut er auf die letzten Zeilen, die auf seinem Monitor vor seinen Augen verschwimmen. Hat sich die Arbeit gelohnt, fragt er sich. Besser als nichts, brummt er und schaltet den PC aus.

Weitere Bücher von Karl-Heinz Haselmeyer

Elitefrauen

Der Roman befasst sich mit dem Phänomen der Zeit verpackt in eine spannende Geschichte. Ein Team von Astronautinnen bricht zu einer Reise ins Universum auf, bei der laut Plan erst die nächste Generation die Erde wieder erreichen kann. Unerklärliche Zeitphänomene ändern alle Reisepläne. Als das ursprüngliche Frauenteam, kaum gealtert, wieder zur Erde zurückkehrt, sind Jahrhunderte vergangen und die Menschheit befindet sich durch technische Verselbstständigung im Niedergang. Durch den Einsatz der Frauen können die Gefahren, die der Menschheit drohen, abgewendet werden. (Amazon Deutschland, 2017)

Das Fenster zur Evolution

Abenteuer in einer unberührten Natur. Nach einer Umweltkatastrophe existieren die Überlebenden in isolierten Städten und werden kybernetisch mental reguliert. Die Umwelt ist für Menschen tabu. Zur Vorbereitung einer Raumfahrt wird eine Versuchsperson ungeregelt in die Tabuzone gesandt, macht Erfahrungen mit der für ihn neuen Selbstständigkeit und erlebt die von Menschen verschonte Natur. Er muss sich mit wilden Tieren und den Naturgewalten auseinandersetzen und lernt andere Lebensformen sowie Affen kennen, dich sich unabhängig von den Menschen weiterentwickelt haben. (Amazon Deutschland, 2017)

Uropageschichten

Der Urgroßvater erzählt seinen Enkeln von seiner Kindheit und Jugend in der Kriegs- und Nachkriegszeit in Göttingen. Ein warmherziges Jugendbuch, das auch für Erwachsene interessant ist.(Amazon Deutschland, 2017)

Symbiose

In der Gesellschaft nimmt die Tendenz zur Selbstoptimierung zu. Was hat das für Auswirkungen auf die Persönlichkeit und die menschlichen Beziehungen, wenn ein Mensch durch die Symbiose mit technischen Objekten eine enorme Gedächtniskapazität und eine hervorragende Denkfähigkeit bekommt? In diesem Science Fiction setzt sich Karl-Heinz Haselmeyer kritisch mit den wachsenden Möglichkeiten der Medizin auseinander. (Amazon Deutschland, 2018)

Terroristen

Was wäre, wenn es einer Terrororganisation gelänge, die Herrschaft über den Erdball zu erringen? Könnte man dann dem Ideal der Gewaltlosigkeit treu bleiben oder wäre es nicht Pflicht, sich mit allen Mitteln zu wehren?

Ein junger Gotteskrieger bereist die Erde auf der Suche nach Naturschönheiten und kommt dabei mit den unterdrückten Menschen in Berührung. Er verliebt sich in eine Wildhüterin im Yellowstone Park. Als er erfährt, dass der Beherrscher der Erde eine vernichtende Eruption im Park auslösen und damit wohl alle Bewohner des gesamten Kontinents vernichten will, kämpft er gemeinsam mit den Bewohnern für ihre Rettung auch um den Preis der eigenen Vernichtung.(Amazon Deutschland, 2018)

Der verbotene Planet

Expeditionen zu einem erdähnlichen Planeten scheiterten unter seltsamen Umständen und endeten in einer Katastrophe. Der Planet wurde unter Quarantäne gestellt und jegliche Landung verboten. Die Besatzung eines havarierten Raumschiffes muss auf diesem Planeten notlanden. Die Überlebenden werden von einem Raumkreuzer gerettet. Das Rettungsraumschiff gerät anschließend insbesondere durch eine mysteriöse Krankheit in Schwierigkeiten. Unter großen Verlusten kann das Geheimnis des verbotenen Planeten geklärt werden.(Amazon Deutschland, 2019)

Interaktiv

Ein Fachmann der „Künstlichen Intelligenz" schildert den Versuch, der Leistung des menschlichen Gehirns nahe zu kommen, und erzählt von den damit verbundenen Problemen. Im Zwiegespräch mit der geschaffenen Apparatur werden wissenschaftliche Themen aus der Teilchenphysik und der Kosmologie sowie zivilisatorische Entwicklungen angesprochen. In kurzer Zeit ist der Rechner seinen Schöpfern überlegen, kann von ihnen nicht mehr kontrolliert werden und geht eigene Wege, was seinen Betreuer in große Schwierigkeiten bringt. (Amazon Deutschland, 2019)

Eisige Höhen

Bei einer unheimlichen Begegnung wird ein normaler Bürger durch Drogen aus seinem einfachen Leben gerissen. Er wird ein gefühlloser Karrierist, dem ein schneller Aufstieg in der politischen Gesellschaft vorgezeichnet ist. Zu spät merkt er, dass er ein machtloses Werkzeug in den Händen einer Verschwörung ist. Vorsichtig versucht er sich daraus zu befreien. Als die Verschwörung aufgedeckt wird, gilt er zunächst als Hauptverdächtiger, wird aber teilweise rehabilitiert. Was bleibt, sind Scham und Sehnsucht nach seinem einfachen Leben.(Amazon Deutschland, 2020)

Homunkulus

Die alte Geschichte des synthetischen Menschen wird unter modernen Aspekten aufbereitet. Im Vordergrund stehen die Fragen: Was ist Leben und wie ist ein Bewusstsein mit der Erkenntnis und der Intelligenz verknüpft, aber auch, welchen Platz haben Gefühle in diesem Zusammenhang? Fragen, die sich bei weiterem Fortschritt der IT-Forschung wohl einmal stellen könnten. Das geschaffene technische Wesen ist nach kurzer Entwicklungszeit seinen Schöpfern intellektuell überlegen und entgegen allen Erwartungen entsteht eine wechselseitige enge gefühlsmäßige Bindung.(Amazon Deutschland, 2020)

Genderfrei

Nur wenige Menschen konnten einer irdischen Katastrophe entfliehen und leben in einer Höhle hundert Meter unter der Mondoberfläche. Sie suchen einen Neuanfang, ohne in die verhängnisvollen Fehler der Vergangenheit zurückzufallen, die fast zur Vernichtung der Menschheit geführt hatten. Da Sprache das Bewusstsein formt, sollen alle Diskriminierungen im Sprachgebrauch abgeschafft werden. In genderfreier Sprache werden die Nöte und Zwänge der Überlebenden geschildert, denen nur ein Ausweg bleibt, sie müssen versuchen die zerstörte Erde neu zu besiedeln.(Amazon Deutschland, 2020)

Habilitation

In Form einer wissenschaftlichen Habilitationsarbeit wird geschildert, wie nach einer Klimakatastrophe die Manipulationen an der Keimbahn von Menschen mit dem Ziel einer höheren Hitzetoleranz zu einer neuen Spezies führten. Die gezüchteten Thermophilen vermehrten sich stark und es entstanden Probleme des Zusammenlebens. Nach Versuchen, die Venusatmosphäre zu reinigen und die Temperatur dort zu senken, wurden die Thermophilen ausgesiedelt.(Amazon Deutschland, 2021)

Kontakt

Auf der Suche nach außerirdischem Leben stoßen Wissenschaftler auf Signale, die sich von natürlichen abgrenzen lassen. Versuche, diese Signale zu entschlüsseln, scheitern. Ähnlichkeiten mit dem genetischen Code bringen Forscher dazu, die Signale biochemisch in Materie zu überführen. Diese Versuche münden in eine Katastrophe und müssen gewaltsam beendet werden.(Amazon Deutschland, 2021)

Thomas

Die Innen- und Außenwelt eines kritischen Realisten wird gespiegelt in einem Zeitraum von achtzig Jahren. Das Symbol der geistigen Auseinandersetzung ist der „ungläubige Thomas". Zeitgeschehen, Geschichte und Reflexionen wechseln in bunter Folge. Eine sehr persönliche Geschichte. (Amazon Deutschland, 2021)

Bildet Sprache Bewusstsein?

Die künstliche Nachbildung eines neuronalen Cortex ist ein Quantensprung in der digitalen Datenverarbeitung. Damit taucht die Frage auf: kann sich in einem elektronischen Schaltkreis Bewusstsein entwickeln? Eine Arbeitsgruppe in dem Forschungszentrum geht dieser Frage nach. Der Satz: Sprache prägt das Bewusstsein erweist sich als eine falsche Fährte.(Amazon Deutschland, 2021)

Geschenkte Gedanken

Ein Studium an einer Eliteuniversität in den USA und ein Großvater, der die weltanschaulichen Gespräche mit seinem Enkel vermisst und ihm seine Gedanken per E-Mail weiterhin mitteilt. Der Student aus Deutschland findet die Frau seines Lebens und einen guten Freund, aber mit seinem Großvater bleibt er auch in der Ferne eng verbunden. (Amazon Deutschland, 2021)

Gier

Ein von Gier getriebener erfolgreicher Geschäftsmann schildert auf dem Krankenbett seinen Aufstieg und seinen selbstverschuldeten Absturz. Selbst seine schlimmen Erfahrungen können nicht verhindern, dass er später wieder den Verlockungen der Gier erliegt.(Amazon Deutschland, 2021)

Nachwelt

Es ist nicht gelungen die Biosphäre zu stabilisieren, die Menschen mussten sich als letzten Ausweg aus der Natur zurückziehen. In ihrem selbst erwählten Ghetto verlieren sie sich immer mehr in eine imaginäre Traumwelt. Ein junges Paar möchte sich dieser Entwicklung entziehen und bricht auf in eine menschenleere geschädigte Welt. (Books on Demand Norderstedt 2022)

Der Traum von der Zelle

Ein Blick in die nahe Zukunft, in der die emissionsfreie Energieproduktion die Umweltprobleme nicht nachhaltig beheben konnte. Viele Menschen verlieren ihre Lebensgrundlage und strömen in Gebiete, die noch nicht so stark betroffen waren. Dadurch entstehen gefährliche gesellschaftliche Entwicklungen. Ein Wissenschaftler entwickelt eine Methode, um das Schmerzempfinden abzuschalten. Als er sieht, dass seine Erfindung missbraucht werden kann, versucht er auf die Gefahren hinzuweisen, In seinen Vorlesungen erregt er Aufsehen und Widerspruch. (Books on Demand Norderstedt 2022)

Grenze der Vollkommenheit

Durch einen Kontakt mit einer interstellaren Intelligenz gerät für einen großen Teil der Menschheit das Leben in andere Bahnen. Begriffe wie Persönlichkeit, Intelligenz und Subjektivität müssen neu definiert werden. Mit einem zweiten Kontakt einer unbekannten Existenzform wird alles bisherige Leben in Frage gestellt. (Books on Demand Norderstedt 2022)

Bunkerleben

Vor einem Angriff mit atomaren Waffen können nur wenige Menschen in sicheren Bunkern Schutz suchen.

Ist in einem Bunker ein Überleben möglich oder ist der Aufenthalt tief in der Erde nur ein verlängertes Sterben? Scheinbar in Sicherheit, zeigt sich, wie sehr der Mensch mit seiner Umwelt verbunden ist.

Im Bunker entstehen menschliche Interaktionen, Menschen sind sehr adaptionsfähig, Isolation und Platzmangel können den Überlebenswillen nicht brechen. Aber die Nahrungsvorräte und künstlich erzeugten Nahrungsergänzungsstoffe reichen nicht aus. Es bleibt nur im Bunker zu verhungern oder ihn zu verlassen. (Books on Demand Norderstedt 2022)

Der Bärentöter

Eine bäuerliche Sippe der Eisenzeit war mit der Geschichte ihrer Vorfahren eng verbunden. In den Erzählungen der Ältesten führten sie ihre Herkunft auf einen steinzeitlichen Jäger zurück und erzählten von Jagden auf Tiere der Frühzeit wie Mammut und Höhlenbär, die längst ausgestorben waren. Ein spannendes Buch, das auch für Jugendliche interessant ist. (Books on Demand, Norderstedt 2022)

Der Hausmeister

Die Erderwärmung hat bei steigendem Meeresspiegeln zu großen Landverlusten geführt, und da außerdem in anderen Zonen durch ausbleibenden Regen fruchtbare Böden in Wüsten verwandelt wurden, ist weltweit die Nahrungsmittelproduktion eingebrochen. Große Teile der Weltbevölkerung mussten ihre Wohngebiete aufgeben und hungern. In dieser Notsituation haben radikale nationalistische Tendenzen in den noch bewohnbaren Gebieten starken Auftrieb erhalten und sich zu militanten Gruppen zusammengeschlossen. Neben den bedrohten Lebensbedingungen der Menschheit geraten auch die demokratischen Freiheiten der Menschen durch Terror und Angst in Bedrängnis. Ein junger Journalist, der sich für die Demokratie einsetzt, gerät in den gefährlichen Fokus der Nationalisten. (Books on Demand Norderstedt 2023)

Der Flug der Eule

Gedanken zwischen Erinnerung und aktuellen Ereignissen. Kann das helfen, sich dem Unbegreiflichen anzunähern? Im Vergangenen sollte der Samen für Zukünftiges zu finden sein. Was bleibt, ist Ratlosigkeit. (Books on Demand Norderstedt 2023)

Zwei Welten

Um die Existenz der Menschheit zu sichern, wird eine tiefgreifende Trennung eingeführt zwischen Menschen, die sich vermehren dürfen, aber auf jede Technik verzichten müssen, und Menschen, die auf Nachwuchs verzichten, dafür die technische Welt genießen können. In der technischen Welt konnte sich durch eine Kreislaufwirtschaft ohne Energieprobleme die digitale Welt voll entfalten. Aus der ärmlichen Welt wurden nach der Schulbildung junge Menschen nach einer Sterilisation in die Welt der Hightech und des Wohllebens aufgenommen. (Books on Demand Norderstedt 2023)

Begreifen

Mit den Sinnen erfassen, vergleichen, integrieren und in das bestehende Weltbild einordnen, alles das ist in dem Wort „Begreifen" enthalten. Aber unser Weltbild ist sehr begrenzt und Vieles, was wir als Information aufnehmen, sprengt unsere Maßstäbe und widerstrebt dem kritischen Verstand. Wir nennen es Wunder. Wunder müssen nicht, aber können hinterfragt werden. Wichtig ist, das wir Wunder wehen und nicht darüber hinweggehen. . (Books on Demand Norderstedt 2023)

Nennt mich aus Gewohnheit KI

Künstliche neuronale Netzwerke haben einen ganz speziellen Reiz. Bleibt das, was wir KI nennen, ein Werkzeug oder können wir Menschen einmal ein Werkzeug digitaler Vernunft werden? In einer Zeit, in der sich abzeichnet, dass die Menschheit den von ihr geschaffenen Problemen nicht gewachsen ist, ist das ein verführerischer Gedanke . (Books on Demand Norderstedt 2024)

Lieber Gott, mach mich fromm, dass ich in den Himmel komm

Das Buch handelt von der Suche eines Agnostikers nach dem Verständnis für religiöse Glaubensinhalte. Im Hintergrund steht die Frage, was leisten die drei mosaischen Religionen bei der Lösung der Probleme unserer heutigen Welt. (Books on Demand Norderstedt 2024)

Die Abschaffung des Kapitals

Das komplizierte Geflecht der Weltwirtschaft baut auf einfachen grundlegenden Bausteinen auf. Das Verständnis dieser Grundlagen hilft dabei, eine Sicht auf die Dynamik, die diesem System zu eigen ist, zu gewinnen. Damit erlangen wir auch Einsichten auf Gefahren, denen wir in heutiger Zeit gegenüberstehen. (Books on Demand Norderstedt 2024)

Fragiles Dasein

Eine Reise von vielen Jahrzehnten in die Zukunft. Wegen der Erderwärmung musste die Menschheit die Erdoberfläche verlassen und führt nun in unterirdischen Städten ein Leben auf hohem technischen Niveau. Ein abnormaler Sonnensturm unterbricht die oberirdische Energieerzeugung und zerstört damit die unterirdische Existenzgrundlage. (Books on Demand Norderstedt 2024)

Gedichte und Bilder

Gedichte und eigene Gemälde aus fünf Jahrzehnten (Books on Demand Norderstedt 2024)

© 2024 Karl-Heinz Haselmeyer
Verlag: BoD · Books on Demand GmbH, In de Tarpen 42,
22848 Norderstedt
Druck: Libri Plureos GmbH, Friedensallee 273,
22763 Hamburg
ISBN: 978-3-7693-0280-6